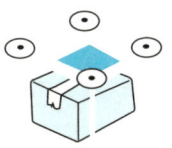

十 年 后
工作图鉴

〔日〕落合阳一　堀江贵文　著

曹逸冰　译

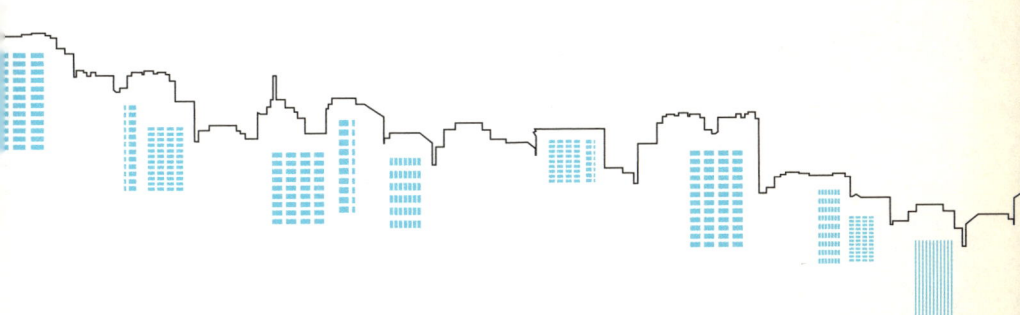

南海出版公司

新经典文化股份有限公司
www.readinglife.com
出　品

目 录 / CONTENTS

第6章 让纯粹的热情指引你"活出自己"

结　语　为了积极开拓二十一世纪

前　言

为什么我们必须趁现在重新规划人生的蓝图？

　　我这个人不喜欢"展望未来"，因为展望了也没有太大用处，事态不可能完全按照你的预想发展。想象一下未来，就被脑海中的光景吓得瑟瑟发抖，那是闲人才会做的事情，竭尽全力活在当下才最重要。

　　可是据我所知，社会上有许多人对"AI（人工智能）会抢走人们的饭碗"的未来持否定态度。让 AI 代替人类从事简单劳动，把大家从枯燥的工作中解放出来，可以只做自己想做的事，活得自由自在……他们似乎想象不出这样的世界到底是怎样的情形。

　　但是请大家仔细想一想，人生只有一回，成天惴惴不安又有什么意义呢？好不容易来人间走一遭，不应该全心全意地面对眼前的每一个瞬间，发自内心地享受人生吗？我可没有闲工夫对未来感到悲观，驻足不前。

　　时代不同了。从今往后，每个人都得规划自己的活法。传统的理想人生模型已经摇摇欲坠。

考大学，谈恋爱，找到工作上班，生儿育女，添置房子和车子，然后一直干到退休，拿着养老金悠然度日……对大多数人而言，这样的生活已经不可能实现了。

互联网让世界变得越来越小。在全球化水平日益提升的现代，"统一的幸福模型"早已不复存在。是消极悲观地面对这一切，还是拍手叫好，决定权都在你手中。未来绝非已经注定，只要调整好心态，未来完全是可以改写的。

所以我与好友落合阳一共同写下这本书，希望各位读者能顽强地面对这个剧烈变幻的时代。

第一章与第五章详细介绍了我们面对的现状，昔日的"常识"已不再适用。请大家切身感受一下 AI 正在迅速抢走人类的饭碗，让全社会面目一新的事实。

在 AI 日渐兴起的二十一世纪，我们周围会出现两种人：一种是被 AI"夺走"价值的人，另一种则是借助 AI"创造"价值的人。满脑子"雇员思维"，死死抱住公司大腿的人就属于前者。我们会毫不留情地指出他们有多么愚蠢。

落合将他们比喻为"被汤婆婆夺走名字的人"（汤婆婆是动画电影《千与千寻》中的角色）。如果你也符合刚才的描述，那就应该参考本书的第六章重新规划人生蓝图。

另外在第二章中，我们会从"经营者"和"AI 制作者"的视角出发，图文并茂地对今后"会消失的工作"和"会减少的工作"进行介绍。第三章则会重点介绍今后"会诞生的工作"和"会增加的工作"。

从本质上看，追悔过去与想象未来都是没有意义的，但我希望大家把过去与未来当作为过好当下的生活而服务的参考指标。

在第四章中，我们将重点介绍工作方式的变迁会对经济造成怎样的影响，尤其是"金钱"方面的变化。因为我们有经营公司的经验，对金钱的本质有深入的了解，所以这部分内容会十分切实。希望各位读者能提前了解"以货币为主的经济"将如何转型为"以信用为主的经济"，以免被迅速改变的社会甩在后头。

最后一章即第六章讲的是"如何规划人生蓝图"。我以著名足球运动员本田圭佑为例，为大家介绍他是如何在纯粹的热情的指引下活出精彩人生的，详细阐述在"喜爱"的基础上不断开拓世界的人生是多么美好。落合也参照他的著作《超AI时代的生存战略》为各位深入讲解今后的生存之道。

最后，我与落合为大家送上寄语，为本书画上了句号。只要按次序阅读下去，你一定会对未来满怀期待，走向更灿烂的人生。

另外请允许我补充一下，本书的标题里虽然写着"十年后"，但我们也无法断定那样的未来会在何时来临。也许真要等上十年二十年，但也许几年后，就会发生大大超出预想的事情。大家把书里说的未来定位为大趋势中的可能性就可以了。

我已经在脑海中勾勒出了未来的模样，所以眼前的现状有时会让我急得牙痒痒。我迫切想与大家分享预想中的一部分未来蓝图，同时也期盼大家朝着崭新的时代迈出勇敢的第一步。

最靠得住的只有自己，这是永恒不变的真理。如果这本书能帮助大家依靠自身的力量开拓未来，那就再好不过了。

堀江贵文

序 章

写给置身于
剧烈变幻时代的你

当"普通"不再"普通"

在社会飞速升级换代的今天，我们必须先认清一个大前提，那就是以往普通的东西将不再普通。

回溯过往，我们不难发现，"如何定义人"是欧式西方[1]近代思想[2]的基础。以宗教思想为基础的现代社会制度诞生后，红白喜事的规矩和人们的工作方式渐渐有了相应的规定。十八世纪八十年代诞生于法国的《人权宣言》给"什么是人"下了定义。"人有选择职业的自由"和"职业生涯"等概念应运而生，"人人都必须在社会中担任某种角色"等思想也是在这一时期出现的。人们花了大约三百年，让原本"普通"的君主制[3]不再普通，新的"普通"揭开了帷幕。其中不乏在现代社会依然通用的"普通"的概念。

今时今日，我们正面临着一场足以与这三百年里发生的变化相匹敌的巨变，而且变化的周期只有十五年左右。请大家牢记，这个周期正随着技术革新[4]与相应市场规模的扩大而缩短。

比方说，互联网的登场使得原本仅限于"本地人际关系"的社会系统拓展到了"人与机器的关系"[5]。多亏了计算机技术的发展，我们才能享受手机和它的生态圈带来的便利。如今的手机上，都装着认知能力远超人类的摄像头与麦克风。

深入分析社会体系的变化史，我们便会意识到，长久以来被我们定义为"普通"的东西，充其量不过是某些人带头提出的"发明"[6]。"我想做这样的工作"，"我非得去公司上班不可"……从某种角度看，这样的愿望与念头也属于"发明"的范畴。

在社会语境下，以"普通"为名的模仿行为似乎是非常正确的，但正确本身也是一个会被不断更新的发明。就算它不是完全错误的，也终究不是真正意义上的"普通"。如果社会的现状发生了改变，就很有必要重新定义什么是"普通"了。

工作是在社会体系的要求下诞生的。换句话说，从经济高速发展期到现在为止的四十年中，有很多人一直从事着在陈旧的社会体系中诞生的工作。在新的社会中，这些工作是不必要的，其中不乏"去掉这种工作反而能提升效率"的情况。从某种意义上讲，这些工作会被归类为"即将消失的工作"。

也许有朝一日，互联网技术会更加成熟，新生代的 AI 能轻松地实现各种功能。届时，传统的管理职位也许就会退出历史舞台。原因是显而易见的：与其雇人干活，还不如像借助社区服务那样引进 AI，让 AI 统一管理，这样更节约成本。当社会发展到被统称为 AI 的优化处理[7]能够代替人类的各项工作时，向来不可替代的经营者很有可能被淘汰。但那并不是什么需要提防的骇人局面，而是我们应当去顺应的"自然现象"[8]。

被 AI 抢了饭碗又如何？

　　随着 AI 技术与科技的进步，我们一定会迎来一个机械设备或机器人代替人类进行劳动的时代。多亏了洗碗机和扫地机器人等家电，不少费时费力的手工劳动正在渐渐退出我们的生活。精密器械的生产制造也是一项已经脱离人工的工作，零部件的生产工序已经实现了自动化。

　　"机械代替了人类劳动"的事例在不断增加，但与此同时，诸如"会被 AI 抢走饭碗"的悲观论也时有耳闻。难免会有人担心，要是自己哪天丢了工作，赚不了钱了，那日子可怎么过啊。

　　可是被 AI 抢了饭碗又如何？到时候，必须由人来干的工作一定会变少，于是能自由支配的时间就变多了，仅此而已。而且，生活成本会在这个过程中不断下降，强迫自己工作赚钱的必要性也会逐渐降低。

　　农业就是个很好的例子。人们正在想方设法削减花在农业上的人力，但农产物的收获量不减反增。未来的农业必然会更加省力，所以用来维持生计的花费肯定会越来越低。"没钱也不会饿肚子"的世界离我们并不遥远，因为机器人会自动为全社会创造财富，造福个人。

那我们应该如何利用多出来的时间呢？很简单，一门心思做自己爱做的事就对了。看到这儿，可能会有人嚷嚷："哪能只做自己喜欢的事啊，这样就没活干了，收入也会变少的！"诚然，眼下我们还处在一个需要一定的收入来维持生活的时代。不过我想借此机会告诉这些人："这是一个可以靠自己喜欢的事挣钱的时代！"

只要坦诚面对自己心中的那份喜爱之情，全身心地投入其中，那件事就会在不知不觉中变成你的工作。

在即将到来的新时代，"因为没工作，所以没收入"会成为彻头彻尾的借口。因为无论对谁而言，工作都会从"被动承担"的东西变成"主动创造"的东西。

网络革命爆发后，工作的概念也好，获取收入的方法也罢，一切的一切都变了。以往的常识和求稳思维本来就是幻想，在这样的社会环境下更是行不通了。

提升自身的价值，争取更多的粉丝

《就业的未来：就业岗位在计算机化面前有多脆弱》——大家有没有听说过英国牛津大学副教授迈克尔·奥斯本发表的这篇论文呢？根据文中列出的清单，随着深度学习[9]的不断发展，收银、行政等简单劳动自不用说，许多脑力劳动都可能被 AI 与机器人取代。从客观辩证的角度看，这份清单的内容肯定是有对有错，但是从长远看来，这篇论文的研究视角还是很有价值的。

看到这儿，也许会有读者感叹，在机器人或 AI 的精确程度和思维能力远超人类的未来，我们到底该如何工作，如何生存？

答案是非常明确的：做一个自带号召力的人。

从今往后，"微不足道的人"和"贡献不高的人"会迅速贬值。所以，如果不提升自己的价值，不争取更多的支持者，就必然会沦为毫无市场价值的人。

放眼未来，我们应当本着"以与众不同为基础"的蓝海[10]思维与蓝海战略，借助还未被标准化的个人号召力与支持者的追随力，打造相互依存的关系。

做这件事的也许只有你一个，但你要坚信自己是正确的，不再盲目参与竞争。就算有人做同样的事，也不必放在心上。"被人抢先了怎么办？""人家快追上了怎么办？"……一定要彻底戒掉为这些问题烦恼的习惯。

只要调整好心态，专注地思考接下来要为自己增添怎样的价值就行了。奥斯本的清单也别太当回事。因为再过一阵子，人们就不用为换取报酬做这些事了，这张清单也会变成"享受做这件事的过程"或是"互助互补"的兴趣爱好清单。

别执着于一种职业

不过我们能通过奥斯本的清单总结出一点：清单里的职业要尽可能多尝试几种，方便积累各种各样的经验。

假设清单里的职业我几乎都做过，每种的熟练程度大概是百分之零点三的样子；另一个人只做过其中一种工作，算是水平还可以的专家。论长期生存率，我很有可能更胜一筹。

为什么？因为随着科技的介入，熟练程度百分之零点三的我和百分之百的专家在"品质"层面的差距会逐步缩小。

既然是这样，那肯定是做了风险对冲*的人更有利，而且不戴有色眼镜、挑战尽可能多的新目标也有助于开拓视野，这样的人

---

*指通过投资或购买与标的资产收益波动负相关的某种衍生资产，来冲销标的资产潜在风险损失的一种风险管理策略。（本书脚注为译注，每章节后的附注为作者原注）

更容易勾勒出宏伟的蓝图。再说了，多方面的经验也容易与稀缺性挂钩。

我们也可以说，只提升一项工作的专业性，很难成为多面手。

如果做的是自己喜欢的事情也罢了，而如果你是硬逼着自己去做这份工作，那就太浪费时间了，也糟蹋了大好的人生。还不如一门心思做自己喜欢的、享受的事情，力争成为小众领域的领跑者，这样的人生也会精彩许多，不是吗？

希望大家都能找到心之所向，通过前所未有的组合与跨界，开拓出只属于你的新天地。

写给置身于剧烈变幻时代的你

从今往后，权威是绝对靠不住的。想当年，大家只要沿着前人铺好的轨道往前跑，相信权威人士说的每一句话，也许就能度过幸福快乐的人生。然而，只要盲目相信大众媒体发布的信息、遵从企业方针就行的旧时代即将落下帷幕。

因特网改写了社会的方方面面，智能手机已经是人手一部。这样的时代究竟意味着什么？世界正在迅速变小。光成为"某国的某某"是远远不够的，我们今后必须作为"世界的某某"生活下去。如果你只会看周围人的脸色伪装自己，那必然会沦为没有价值的人。

如此残酷的现实摆在眼前，难免会有人忧心忡忡。但我们没必要因此便对未来抱着悲观的态度。因为你的心态直接决定你未来的人生走向。只要调整好心态，未来就是可以改写的。

担心未来，是闲人的专利。

1　欧式西方　在日语中，"西方"往往指代欧美，所以作者加上"欧式"来特指欧洲。这个词也有"欧式一神教价值观"的意思。

2　近代思想　指基于社会契约、国防、纳税、劳动与社会福利等来运营国家，并且能够塑造"以人为本的视角"（包括权利、人权等）的观念。

3　君主制　这个概念也包括"在君主享有各方面的统治机能、可自由行使统治权的时代构筑起来的常识与思维方式"。

4　技术革新　即英文 Technical Innovation。

5　互联网的登场使得原本仅限于"本地人际关系"的社会系统拓展到了"人与机器的关系"　随着全球化与物联网浪潮的发展，人际关系打破了时间与空间的限制，人类以外的机器也能向人类提供智能服务。

6　"发明"　创造出能源源不断提供新价值的体系或材料。

7　被统称为 AI 的优化处理　AI 是一个统称，泛指"使用计算机，在工学层面实现学习、推论、判断等智能操作的设备或相关领域"。除了个别用法以外，AI 一般指代"通过统计学判断与工学演算进行抉择的装置与软件"。"优化处理"一词可以这样运用："可对计算机的评估函数进行设定，以便让软件更加高效地运行，这就是被称为'优化处理'的领域。"

8　"自然现象"　文中使用的"自然"以"与自然共存"（人类、自然与机械并非对峙的关系，人类也好，人工物也罢，都是自然的一部分）为前提的多神教自然观为背景。

9　深度学习　通过多层神经网络实现的机器学习法。相关的研发非常火热，例如通过 GPU 演算提升速度等。虽然不需要定义特征量，但数据量与消耗的计算机资源极大，因此难以付诸实际应用的情况依然较多。

10　蓝海　所谓蓝海思维，就是"不进入竞争对手较多的领域，专注于与众不同的事"，坚信"做这件事的只有自己，但该领域的存在是有意义的"，这一点非常重要。

第1章

今后的工作方式将颠覆一切
从组织到个人，从劳动到娱乐

AI 真会让大家丢掉饭碗吗？

AI 一旦长出手来，从事简单劳动的人便会骤减

当 AI 发展到某个阶段时，人类从事的高成本工作就会被依次取代——这是一句不折不扣的废话。正如序章中所说，已经有许多工作不需要人类的参与了。

不过现在的 AI 还停留在"代替人眼与人耳"的阶段。在我看来，关键的转折点会出现在 AI 拥有"手"的那一刻。

PEPPER* 等机器人能看到靠近它们的人，并主动和对方搭话，或是在对方说完话后做出反应。但它们还干不了把菜装在盘子里之类的细活。要让机器人用手做事，恐怕还需要一点时间。

可 AI 一旦长出"手"来，从事简单劳动的人便会大大减少。为什么呢？我想以漫画家细野不二彦的作品《BUDDY DOG》为例，

---

*一款人形机器人，由日本软银集团和法国 Aldebaran Robotics 研发。

深入分析这个问题。大家可以把"BUDDY DOG"想成索尼推出的宠物机器狗"AIBO",这样会比较好理解一些。

这部漫画的主线剧情很简单：某年某月某日，一个 AI 诞生了。它进入了宠物机器人"BUDDY DOG"的体内，在有了身体之后逐步开始进化……这个故事告诉我们，AI 一旦在现实世界中获得躯体，就会加速进化。

其实人类也是一样的。如果人只有眼睛和耳朵，就不可能实现高速的进化。这恐怕是人类之外的动物没有进化出高级智慧的关键所在。据说狗和猴子的智力都停留在两到三岁幼儿的水平。脑容量小当然是一方面原因，不过从身体的角度来看，无法灵活地使用双手才是这些动物的主要劣势。

直立行走解放了人类的双手，使多种多样的互动行为（如拿东西、握手、写字）成为可能。一旦能用手进行交互运动，智力便会提升。人类用空出来的双手写下了文字，创造了灿烂的文明，这就是最好的例子。

反之，如果一种生物的脑容量很大，却无法使用双手，那它们的智力也不会高到哪里去。看看鲸鱼和海豚就知道了。许多学者坚称鲸鱼有很高的智商，可它们终究无法掌握能传给下一代的沟通方法。

顺便一提，"五"貌似是手指数量的最佳选择。其实抓东西这个动作只需要两根手指就能完成。那手上为什么要长超过三根的指头呢？因为这样就能调整拿东西的方式了。有三根手指的话，可以勉强完成这个动作。要是再多一根辅助的手指，稳定性就有了保障。所以手上长四根指头大概就够了，第五根手指算是备用吧。

AI 一旦有了能自如操控五指的手，人类的双手就没有了用武之地。它们说不定会通过身体与外界沟通，迅速提升智力。到时候，我们便会迎来一个"大多数工作由机器代劳"的时代。

如果觉得 AI 会抢走你的饭碗，说明你是被压榨的一方

"AI 会抢走人类的饭碗"——面对即将到来的现实，你会唉声叹气，还是拍手称快？不过我要明确告诉大家：如果你脑子里的逻辑是"AI 替代人类的工作等于人类的不幸"，那就意味着你把自己的价值贬低到了和 AI 一样的层次，太没面子了。

就不能在担心 AI 抢走饭碗，担心自己失去价值之前换个角度看问题，把 AI 视作创造价值的工具吗？

大家一定要充分认识到，把注意力放在"失去价值"这一点上的人，必然是"被他人利用"的一方，处于被压榨的状态。陈旧的社会体统一旦在 AI 的作用下改头换面，"公司"的概念就会被彻底颠覆。

紧跟时代的潮流，持续不断地变化——在今后的时代，这样的生存战略必不可缺。

也有因为"被 AI 抢了饭碗"而得救的行业

上一章中有这样一句话：如果社会的现状发生了改变，就很有必要重新定义什么是"普通"了。我为什么要制作 AI 和机器人呢？理由很简单——为了创造重新定义"普通"所需要的东西，紧跟时代的步伐，不断打磨自身的"皮肤感觉"。

在二十世纪五十年代，一位叫诺伯特·维纳的学者出版了一本书，题为《人有人的用处：控制论与社会》。

这本书中提到："在车间里工作的人没有被当成'人'来用。因为人明明可以认知更多的事情，采取自主行为（Actuation），或是充分运用自身的认知能力，可车间里的人却只是被用来完成摆放物品之类的简单任务。"

"饭碗要被 AI 抢走了"——很多人抱有这样的悲观情绪，殊不知这些人从事的职业本就是"杀鸡用牛刀"，没有把人类的认知能力充分利用起来。

劳动力短缺，再加上沟通不畅，导致金钱和人员等资源没有被分配到该去的地方。这正是日本许多社会问题的症结所在。

一提起"日本社会需要解决的问题"，人们往往会联想到护理。护理行业就是个非常典型的例子，到处都缺人。为什么会这样？因为这个行当还没有打破"从事护理工作等于低收入"的僵局。

　　照理说，护理人员是为了提供护理服务而存在的。可现实问题是搬运和安全管理环节的劳动力十分短缺，导致护理人员不得不将大量的时间耗费在搬运与输送被护理者上。事情的关键在于劳动力没有配置在合适的地方，这说白了是一个技术性问题。在护理工作的第一线，有太多资源被浪费在人员的运送、转移和安全管理上了。

　　通过机器人工学技术，可以克服少子高龄化现象导致的人手不足等问题，让人们去做只有人才能做的事。少子高龄化现象导致的许多问题都能通过这种"半人力半 AI"的思维圆满解决，因为劳动力短缺和薪酬微薄才是这些问题的根源。

　　在护理老年人的时候，最需要投入人力资源的环节在哪里？能回答出这个问题的人怕是寥寥无几。正确答案是转移老年人（从轮椅移到床上或马桶上）和转移期间的安全管理。实不相瞒，坐轮椅的老年人中，大约有一半会在日常移动的过程中不慎摔倒，导致腿骨骨折，或是遭遇影响日后生活质量的事故，因此这方面的安全管理需要多位护理人员的参与。

　　我正在研究的护理机器人与辅助系统着重解决运送和转移之类的"力气活"，可以通过摄像头监控周围的情况，预防事故的发生。等技术成熟后，原本需要好几个人参与的转移工作可以交给机器人去完成，只需要派一个人检查机器人有没有出故障就行了。护理行业的从业人员应当在今后重新分配劳动时间，并提供只有人类才能创造的附加价值——"服务"。

当人类需要完成的工作转变为"服务"的时候，各家护理机构就会在服务品质层面拉开差距，进而催生出竞争意识。而竞争意识的出现，意味着机构会给护理人员提高工资，留住可以提供优质服务的人才。引进护理机器人应该能解决护理行业存在的若干个根源性问题。

公司的未来

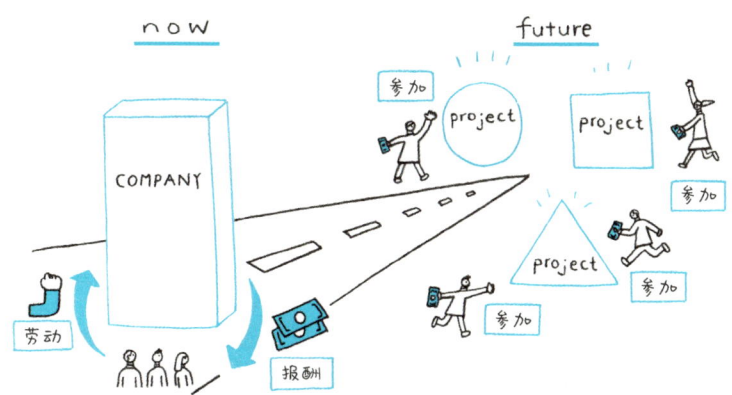

如果劳动者的数量随着 IT 技术与 AI 的发展而减少,

公司会出现怎样的变化呢?

有些公司墨守成规,业绩不见起色;

有些寥寥数人的初创公司却大跨步前进,成为"独角兽"。

放眼世界,这样的例子比比皆是。

面对"人生百年时代*",

在一家公司干到退休的模式着实要打个问号。

未来的公司会是什么样的呢?

---

*随着医疗条件的改善,人类的平均寿命会逼近 100 岁,日本政府于 2017 年 9 月启动由首相担任主席的"人生百年时代构想会议"。

"劳动者等于经营者"是最理想的状态

最近常有人问我:"要是有朝一日,AI抢走了人们的饭碗,这日子要怎么过啊?"诚然,AI将取代现有的部分职业已经是板上钉钉的事了。而且被雇佣的人通过劳动换取报酬的模式也会逐渐退出历史舞台。

听到这儿,大家是不是觉得我想说的是"以后就没有公司这个东西了"?不,今后会消失的只有基于劳动者视角的"公司"。站在经营者的角度看,公司(法人)是绝不可能灭绝的。

经营者视角的"公司"(company)[1]来源于"同业公会"的概念。同业公会产生于中世纪的欧洲。公会成员都是同行,大家凑钱一起打造有价值的东西,将每个人应得的份额明确下来,再视情况分配劳动力。换言之,同业公会的本质就是由若干个劳动者共同出资和进行生产活动,决定自己要完成什么任务,再分配赚来的钱。

请大家注意,劳动力要怎么分配是公会成员"共同"商定的,所以同业公会并不是一种经营者自上而下[2]分配劳动力的模式。众人要通力合作，努力打造出有价值的东西。在这样的模式中，劳动者便等于经营者。

站在所谓的劳动者视角和公司打交道，等待着你的就是无休止的贬值，这一点请大家务必牢记于心。我们也可以说，"劳动者等于经营者"的构图才是今后最理想的工作方式。这种思维和去中心化以及受益人负担原则[3]也有相通之处。

在公司从事劳动无异于"被汤婆婆夺走名字"

按照现行的商业习惯，人们在入职的时候一般都会签一个叫劳动合同的东西。

在大多数情况下，和公司签合同就等于是正式宣布："我在这家公司制作的所有产品的权利一律属于公司。"从某种角度看，在签字的那一刻，你便"失去了自己的名字"。无论你研发的商品有多么优秀，都不算你个人的功绩。站在投资组合[*]管理的角度看，你就是白白损失了时间[4]。

大家不妨回忆一下吉卜力工作室的动画电影《千与千寻》的情节。其中有一个场景是主人公千寻被汤婆婆夺走了名字。那正是"雇佣"这一概念的缩影。

每个人都盼着自己被雇佣，仿佛这是什么天经地义的事情一

---

[*]投资组合是由投资人或金融机构所持有的股票、债券、金融衍生品等组成的集合。

般。但我希望大家能充分认识到失去姓名的危险性。应该有人对"隶属于公司＝能领到工资"这样的思维提出异议。我们甚至可以说，如果不能实现让功绩归属于个人的工作模式，就意味着绝大多数的公司员工与奴隶并没有差别。

以我非常尊敬的托马斯·爱迪生为例。大家都知道爱迪生是一位稀世罕见的大发明家，毫无疑问会名垂千古。可他要是一位公司职员呢？说不定就没有人知道他姓甚名谁了，因为他的发明会以"××牌留声机"的形式为大众牢记。

于是，员工的心血结晶就成了公司的功绩。相较之下，现行的大学科研体系貌似要更加公平一些，毕竟论文上会写明作者的名字，研究人员的成果会出现在他们的履历中。

人一般都比公司长寿。我们没必要在这一点上死死抱着公司的大腿不放。从今往后，在"大家都做一样的事"，即必然会出现竞争的领域，只要有足够多的数据，机器就一定会胜过人类。其实只要上网搜一下，就能立刻查到此时此刻谁在做什么。所以我们应当彻底调查目标领域有没有竞争对手，明确认识到自身不同于他人的价值，然后以"淡然自若地把这件事做下去"为基本立场，通过细致的勘察，在人生价值的层面上实现差异化，并在这个基础上追寻自己的"蓝海"。这样的思路在今后至关重要。

如果能顺利切换到靠爱好创造价值的模式，逐步获得利润，无论你走到哪里，都一定能找到大展拳脚的舞台。

堀江的建议：能否打造出"自掏腰包也要去上班"的公司？

我原来也开过公司，可是付钱雇用员工真的是最好的方式吗？我不禁产生了怀疑。想找个公司稳定下来的人十有八九是消极的，而思维消极的人对组织百害而无一利。经营公司的经验让我对公司的机制有了大致的理解。为了打造出一套更好的体系，我创办了网上沙龙——"堀江贵文创新大学"（HIU）。

HIU 的会费是每月一万零八百日元。除了每个月两次的常规活动，会员还有资格参加各种各样的活动、交流会与学习会。愿意掏钱入会的人思维往往是比较积极的。这一万日元的会费也起到了过滤网的作用，能把莫名其妙的人拒之门外。

不瞒您说，一边掏钱参加会员活动，一边帮我干活的会员也大有人在。比如，我在二〇一六年十二月出了一本书，题为《眼看着就瘦下来了！！堀江式RIZAP》，其中记录了我的健身体验。这本书的封面就出自 HIU 的会员之手。

找专业设计师做书籍的封面至少要十几万日元。可这位会员在支付会费的同时欣然接下了这项任务，因为他觉得能参与制作我的新书是一件好事。

他从一开始就意识到，负责设计我的新书封面对他的未来大有助益——不仅可以提升他的知名度，还能为他的简历添上一笔。

除此之外，我构思的许多商业创意也在会员们的努力下走上了正轨。甚至有人放弃了大公司的职位加入我们，只为了全身心投入 HIU 的日本酒项目。

HIU 的这些项目一旦盈利，参与其中的人都能分享到胜利的果实。在这个过程中，我也会给大家出谋划策。

HIU 的机制和以往的公司有什么不同呢？

传统公司的常态是员工领取工资，完成公司指派的任务。公司可能是员工自己选的，是自己想去的，可派下来的任务有时会让他们怨声载道。久而久之，员工的干劲就被磨光了。这样的例子比比皆是。

那说到 HIU 的情形呢？会员的确需要支付会费，但是遇到自己感兴趣的项目，人人都能主动请缨，举手报名加入项目组。每一项工作都是大家自主参与的，想缺少干劲都难。顺便一提，我们的规矩是让最先举手的人当项目组长。

等项目盈利了，成员还有红利可拿。甚至有人通过这样的项目发现了商机，开始自主创业。总而言之，这套机制是让大家自己拿主意，所以每个人都会带着很强的主观能动性参与到工作中。

员工的未来

工作与公司的改变，必然会带动员工的改变。

今时今日，个人能完成的事情越来越多。

在这样的大环境下，不是死死抱着公司的大腿不放，而是主动选择留在公司的人说不定也会增加。

他们也许是这么想的："单干也不是不行，但是留在公司的话，我反而能做自己想做的事，所以我要留在公司。"

我们甚至可以说，要是没有这样的觉悟，连留在公司都会变成一桩难事。

不过大家不必担心，世上有许许多多不靠公司、自食其力的工作机制。

"不给钱也干活"，一种全新的员工形态

正如落合所说，带着"员工思维"工作的确很危险。然而，要是隶属于某个组织对你来说是有价值的，那么在公司上班也不是什么坏事。

幻冬社的箕轮厚介是业界闻名的王牌编辑，我也跟他合作过好几次。他就是充分运用公司平台积累自身价值的典型事例。他一边在公司上班，一边在网上开办沙龙。他的沙龙已经有五百多名会员了。与此同时，他还在推进各种各样的企划案，创造的收益足足有工资的好几倍。但他早已明确表示："就算幻冬社一分钱工资都不给我，我也不会辞职的。"

为什么呢？因为他很清楚，如果要继续走编辑这条路，幻冬社员工的身份具有十分重大的意义。所以他选择了充分利用公司的基础设施，置身于随时都能出版自己想出的书的绝佳环境，同时把自己的名字打造成金字招牌。

对幻冬社而言，组织内部有他这样的优秀编辑当然也是很有好处的。原因很简单，因为他经手的书都是超级畅销书，能让公

司赚得盆满钵满。不仅如此，他还能从外界带来最新鲜的信息与人脉，成天闷在公司里的普通员工可没有这样的资源。

"白领＋正式员工"已成过去

说到底，成立公司的好处在于"方便向投资者要钱"。公司比个人更可靠，所以更容易筹到资金。这些资金可以为了你想实现的大项目服务，付工资雇佣劳动者也是资金的用途之一。劳动者出卖劳动力（智力），来换取报酬（金钱）——长久以来，这套机制可谓深入人心。

然而今时不同往日，局面已经出现了变化。比如在国外，个人已经可以通过在推特上投放视频广告换取报酬。

用户上传视频后，网站会问你"要不要通过这条视频赚钱"。如果选择"要"，观众就得在观看视频前先看五秒或十秒的广告，而上传者可以分得广告收益。已经有人靠这套机制实现了每个月一百万日元以上的盈利。

换言之，一个人就能撑起 AbemaTV＊的时代已经到来了。

二十年前，我也搭建过网络广告发布系统。架服务器，写代码，设计整体系统，搞定数据协议……步骤别提有多繁琐了。可现在呢？简便易用的视频发布 APP 要多少有多少，跟当年真是没法比。

＊日本本土视频平台。

不需要繁杂的准备工作，也不需要投入巨大的劳力，这类业务也能运行起来。

这样一个时代究竟意味着什么？意味着用劳动力换取资金的人会渐渐贬值，连白领也不能幸免。这是十年后的未来，还是二十年后的未来？我也说不上来。我只知道到了那个时候，就算你拼命掌握了编程技术，要是你只能提供劳动力，那你对公司来说也是毫无意义的人。对未来的公司而言，这样的正式员工无异于让公司负债。

落合的建议：在某些方面，蓝领比白领更有利

在某些方面，工作内容已经固定下来的蓝领派遣员工*，反而比白领正式员工更有利。因为他们很清楚在哪里付出多少劳力，能换来多少报酬，规划人生的难度相对较低。打从一开始，他们就知道自己只能为某项工作提供价值，所以能毫不费力地估算出自身的经济价值（演艺圈人士也是按工作时间计算报酬，这样看来，他们也是蓝领大军的一分子）。

公司都希望自家的正式员工是无所不能的万能型人才。然而现实是残酷的，能力低下的白领随处可见。把话说到这个份上，大家便能意识到，白领的价值其实在于打杂。

---

*日本人事制度之一，派遣公司根据需求将员工派遣到用工单位，而用工单位不需要对派遣员工进行具体的人事管理。

从这个角度看，"铁饭碗"的代名词——程序员也会在不久的未来变成廉价劳动力，正如堀江先生所预测的那样。我一直以来都认为，只要一个人会用 Excel，那编程就不是什么问题，AI 也能用得很好。

自不用说，不通过自身的劳动创造价值，只是坐在公司这部货币化引擎上混吃混喝的白领是没有价值的。像房地产中介职员这种非常单纯的工作（只是介绍房源和计算报价而已）应该也会迅速消失，"爱彼迎"等服务的火热正是变化的征兆。

今后，个人价值不甚明确的正式白领员工只有三条路可走。要么转型为蓝领，提供能换算成时薪的劳动力；要么努力挤进对公司而言非常重要的经营团队；要么成为"因地制宜地处理问题"的专家，提供具有更高水平的价值。这就叫顺应[5]变化。

从保育员问题探索"让大家都开心的工作方式"

通过 HIU 的事例，我们不难发现，以前的常识已经摇摇欲坠，"有工作"和"进公司"已经不能再画等号了。虽然每个人的情况有所不同，但我可以断言，上班不一定是最好的工作方式。

技术的发展会让经典的商业模式不再经典。我去年发了一条推特，被网友抨击得体无完肤。这起事件就是一个很好的例子。

那条推特是这么写的——"保育员是谁都能干的工作"。我的本意是只要有过养育孩子的经验，谁都能掌握带孩子的能力。可我收到了无数的反驳意见，说我没有说到点子上，比如有人说，"保育员是很辛苦的"。

不过在我看来，这件事倒是为未来的工作方式提供了一条重要的线索。

让我们深入分析一下保育员这份工作吧。为什么保育员的工资涨不上去呢？原因不外乎两点。

第一，因为保育员本就是一种"谁都干得了的工作"（我知道这么说很容易引起误会）。想当年没有托儿所的时候，大家都是自己带孩子，不是吗？也许保育员的工作的确很辛苦，但是从本质上看，这并不是一份不可替代的工作。类似的工作还有很多，好比出租车司机。开出租的确需要执照，但是有驾驶技能的人都干得了这份工作。

第二，保育员的工资是根据地方公务员的标准划定的，不是说涨就能涨的。这的确不是抱怨工资低就能解决的问题。[*]

但话又说回来了，有一个办法可以毫不费力地提高保育员的收入。那就是使用 C2C 平台。

比如在保姆服务网站 KIDS LINE 上，用户可以根据自己的需要请保姆上门服务，收费是每小时一千日元起。而提供服务的保姆不需要特殊的资格证，只需要通过平台的审核即可。在这个平台上注册账号，通过平台接活，就不会被中间商压榨，也没有场地成本，到手的收入自然就高了。我们可以把这种现象称为工作的"Uber 化"（优步化）。

共享经济的鼻祖 Uber[6] 已经进入日本市场。如果把所有传统出租车都换成 Uber，司机的收入肯定会提升。因为 Uber 砍掉了压榨司机的中间环节，想不提高收入都难。

这类 C2C 服务中蕴藏着颠覆传统商业模式的可能性。匹配不当的现象会越来越少，需求与供给的模式将被不断优化。从今往后，类似的事例一定会越来越多。

---

[*] 此处所说的为日本的情况。

保育员的工作方式也不会一成不变。不愿意在公立托儿所工作的人完全可以去匹配平台注册，自己接工作来做。

在一线工作的保育员们总是牢骚不断。我倒想问问，你们有没有研究过这种新的工作方式呢？

遇到这种类型的问题时，人们往往会选择最传统的策略——让政府发补贴。然而，这样不可能实现彻底的改革。在埋怨国家或政府的政策之前，不妨先开动脑筋想一想怎样才能改善现状，这才更有利于国家的发展。

容我再多啰唆几句。据说贴在日本托儿所墙壁上的装饰品也是保育员利用业余时间做的，而且几乎都是无偿的。可是对小朋友来说，这些装饰品真的有必要吗？说不定换一种方式，小朋友反而更开心呢。也许这才是需要提高效率的环节。

手脚勤快、工资低的人一旦消失，自动化便会加速推进

其实"保育员问题"说来说去就一句话——"不想做的话，可以辞掉这份工作。"

总有人说："护理老人真的很辛苦。"

"托儿所的工作太累了，好想辞职啊。"

"可是总得有人做啊，所以我还在坚持。"

要我说，与其不情愿地熬下去，还不如干脆辞职好，这样反而能让市场原理充分发挥作用。

人手一旦短缺，运营方就会通过提高工资来招聘新人，甚至引进机器设备，把员工从麻烦的工作中解放出来。

手脚勤快、工资低的人越少，自动化的进程就越快。

不想做就赶紧离开，这样反而能为整个行业做点贡献。

藏寿司*的"半人工半机械"模式是今后的最佳方案

在上一节中，堀江先生提到"托儿所的装饰品可以不必用人工来做"。我们也可以把引进机械设备说成"藏寿司化"。

藏寿司把原本由员工承担的服务分成两部分，把其中的一半交给自动化机械完成。员工负责另一部分，也就是机械之间的协调统筹。

首先，在客人进门的时候，会有员工进行引导。客人入座后用平板电脑点单。订单由电脑统一管理，员工按指令出餐即可。餐桌旁设有专用的空盘投放口，系统会在顾客投入空盘时自动计数。这样就省去了由店员一一清点盘子的麻烦。

在这家店的厨房里，人与机器也是各有分工。机器负责把饭粒捏成饭团，但是调制醋饭、把生鱼片放在饭团上、围上一圈海苔做军舰寿司、包寿司卷等环节还是由人工负责。藏寿司通过这种"半人工半机械"模式降低了人工成本，为更多的顾客带来了

---

*藏寿司是一家大型回转寿司连锁店。

高品质的用餐体验。从这个角度看，他们创造出了巨大的价值。

在保证人力充足的方面，我们也要向藏寿司学习——在门店缺人的时候，藏寿司的总部会统一派遣人员来救急。

只须采用"Uber化"与"藏寿司化"中的一种方法，或是双管齐下，保育员的问题便能迎刃而解。其他行业也可以用同样的思维对业务进行改善。

如果能像这样恰到好处地施加源自科技发展的"进化压"以及源自市场的"淘汰压"[7]，"觉得自己遭到了压榨的劳动者"[8]眼前便会出现一条高效工作的康庄大道。

另外，大家总觉得被网友抨击是一件坏事，但是从引发舆论关注的角度看，有这么多人参与讨论不是很好吗？在我看来，我们非常有必要换个角度看问题，把网友的抨击定位为积极进行探讨的契机。

"工作"的未来

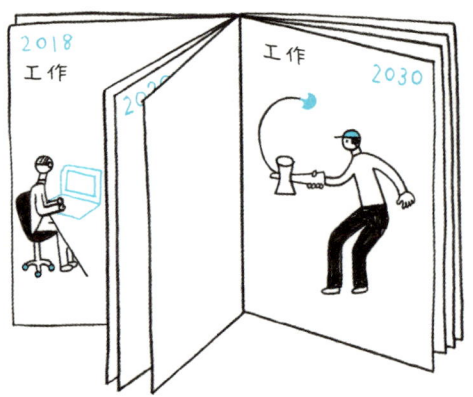

随着社会的发展，"工作"应该会越来越接近"玩乐"。

如果大多数工作能由 AI 与 IT 技术代劳，

那也许正意味着人类该做的事本来就没有那么多。

下面就让我们对全新的工作方式做一个总结。

"收入来源"这个概念已经落伍了

总有人成天嚷嚷"饭碗要没了",满脑子都是毫无意义的担心。我很想告诉他们,"收入来源"这个概念本身就是有问题的,这样的思维还是赶紧扔掉好。

我凭什么说不工作也没关系?这句话有两层意思。其一是"不工作也能生存";其二是"即便不劳动,也能通过登峰造极的玩乐赚到钱"。

且听我慢慢道来。不工作也能生存是怎么回事呢?"基本收入"(Basic Income)是这个语境下最具代表性的思维之一。

所谓基本收入制度,说白了就是由政府定期向全体国民发放一定金额的现金——无论就业情况与资产的有无,每个人都能无条件地领取足够保障基本生活的钱。二〇一六年六月,瑞士在全民公投中高票否决了引进基本收入制度的提案,但我认为日本是应该引进这项制度的。

有些人就是天生不擅长工作,一点办法都没有。与其强迫他们劳动,还不如只让那些喜欢工作,喜欢构思新发明和开发新业务，真心想工作的人多干一点，这样反而效率更高。有了基本收入，温饱便有了保障。在这样的大环境下，年轻人更容易鼓起勇气挑战自我，自主创业将不再是痴人说梦。

二〇一七年十月，东京的最低工资（时薪）从九百三十二日元涨到了九百五十八日元。与其像挤牙膏似的一点点往上提，还不如痛痛快快引进基本收入制度。早在二〇〇九年，我就已经在博客上提出了这项建议。

其实很多企业会在大环境不景气的时候故意制造工作机会，把员工人数维持在原来的水平，结果折腾了半天，报表上却出现了赤字。换句话说，为了付工资给员工，全社会都在制造无用的工作机会。而员工们的心智都被劳动信仰统治了，虽然不情不愿，却还是忙个不停。

那还不如靠政府发放的基本收入保障生活，让大家去做自己爱做的事。如此一来，必须得有人做的工作肯定会提高薪酬。就算丢了饭碗，也有基本收入兜底，没什么可担心的。真心想工作的人的劳动积极性也能上一个台阶。

怎样才能让日本这个国家朝更好的方向发展？让工资高，能力也强的人多多工作，多多赚钱，没能力的人就拿政府发放的钱，干点自己喜欢的事情。这样能减轻每个人肩上的压力，同时提高生产率。再说，生活成本是会逐渐下降的，根本没必要逼着自己工作挣钱嘛。我们真正需要构思的，是让全体国民都能过得幸福快乐的方法。

埋头玩乐吧

在不远的未来，即便一个人不劳动，也能通过登峰造极的玩乐赚到钱——这句话我已经在各种各样的场合说过无数遍了。

而且我说的这种情况绝不是一小撮人的专利。无论是谁，都有可能靠"玩乐"挣到钱。"工作就是不想做但不得不做的事"，这是一种在现代日本大行其道的思维定式，不过这种观念一定会改变。

博主、"油管"主播（Youtuber）、Ins 红人……近年来，前所未有的职业如雨后春笋般兴起。尤其是在网络世界，"油管"主播正以破竹之势俘获网民（尤其是年轻网民）的心。随便打开几个网页，你就能感受到这股潮流。

把视频视作"赚钱手段"的主播其实很少。比如日本最火的播主 HIKAKIN 先生，上传视频的初衷也不过是想和更多的人分享自己喜爱的 Beatbox* 而已。

像他这样靠"新型工作"取得成功的人有三个共同点。

第一个共同点是他们深深迷恋着自己在做的事。

这句话里的迷恋，说白了就是埋头其中的意思。咬紧牙关逼着自己做不喜欢的事是没有任何意义的。"我要努力啊，要加油啊。"——即使你再怎么咬紧牙关打拼，也只能换来平庸的结果。

---

* 全称 Human Beatbox，起源于美国，是一种用嘴唇、牙齿、舌头、口腔和喉咙等多种技巧声音来模仿鼓声、电子音效以及特殊音效的艺术形式。

所以我们真正要做的是相信自己的感觉，主动出击想办法。如果规则和计划都是自己定的，你一定能痛痛快快地投入其中，想不做都不行。换句话说，只有自行创造规则，才能彻底投身其中，真正喜欢上这件事。

很多人误以为喜欢在先，着迷在后，其实不然。你得先把其他事情抛到脑后，一头栽进去。到达这种境界之后，才会萌生出喜爱之情。不是"我本来就喜欢会计事业，所以能全情投入会计工作"，而是"因为我全情投入了会计事业，所以才爱上了这份工作"。只要一头栽进去，就会在不知不觉中爱上这件事。

HIKAKIN 先生在上高中的时候迷上了 Beatbox。同学们一放学就打篮球什么的，他却每天对着 MD 机录音练习。

正是无数个埋首其中的日子，才造就了他令人惊叹的技艺。

别当"信息貔貅"

这些人的第二个共同点是怀着坚定的信念，每天发布更新内容。

搞清楚自己想做什么，能投身哪类事情以后，下一步就是坚持每天自发性地发布观点。"是别人让我发的""为了完成指标不得不发"……这样的态度万万不可取。发出来的东西有些幼稚和拙劣也没关系，必须让读者感受到你的热情。除了推特、脸书和 Instagram，还有专注于发布视频的 Youtube、SHOWROOM 和17Live……当今时代，发布内容、进行更新的工具应有尽有。

大名鼎鼎的"优酷叔"萱本裕子就是靠 SNS（社交媒体）成名的典型事例。从偶像团体 HKT48 毕业后，她花了两年时间经营推特、Instagram 和 Youtube，推出了和"怎样才能受欢迎"有关的各种内容，深受年轻女性网友的欢迎，成了所谓的"意见领袖"。

在此期间，她遭到了毫无根据的主观臆测与无情的抨击。但她没有被众多的批评吓倒，坚持在网上发布自己的所思所想。最终，她吸引了一批对她的观点产生共鸣的人。如今，"优酷叔"的品牌地位已经坚若磐石。

在社交媒体上"输出"内容是一种非常有效的练习，能加深你的知识储备。近年来，只看社交媒体和网络新闻搜集信息，却只进不出的"信息貔貅"越来越多。在社交媒体上输出你获取的信息，吸收来自四面八方的意见，才有助于获得更全面的视点。只有在输入和输出保持平衡的时候，人们才能飞速地成长。

别让自己松懈

这些人的第三个共同点是不会麻痹和松懈。

假设你已经找到了能全情投入的爱好，也在积极主动地进行信息的输入与输出。到了这个阶段，不让自己松懈就显得尤为重要了。著名棒球运动员铃木一郎就是一个与"松懈"无缘的人，所以他才能立下丰功伟业。二○一六年八月，他拿下了在美国大联盟的第三千支安打，留下了傲人的纪录。不过他在某次访谈中说了这样一句话：

"我不是天才，因为我能解释自己为什么能打出安打。"

原来铃木一郎并不是天赋过人的棒球天才。他是把"谁都做得到的事"坚持不懈地积累到了"谁都达不到的量"，这才取得了今天的成绩。

铃木选手在年轻时就积累了常人难以企及的训练量。在小学的毕业文集中，他就写下了这样的文字："一年三百六十五天里，我有三百六十天在拼命训练。"也许他起初也有过不情不愿的时期，但是他肯定从某个阶段开始彻底迷上了这项运动，一头栽进了训练之中，否则他又怎么可能达成享誉世界的伟业？

在寻觅爱好时，请大家务必丢掉"收支"之类的小算盘。因为不到那个时候，你根本不知道能不能把这件事当成工作去做，或是它的回报跟付出成不成正比，现在在这类问题上纠结也没用。

Youtube、推特、Instagram……其实平台应有尽有，你可以随便挑选。

"未来是无法预测的。""将来充满了不确定性。"——我们完全没必要这么悲天悯人。不要被社会的惯例与常识绊住手脚，也不要太精于算计。不抱任何杂念，直视自己心中的喜爱之情，才是我们该做的事。

嗯？你不同意我的观点？没关系，也许你只是还没有遇到真正打动你的东西，没有遇到让你怀着纯粹的执着投身其中的梦想。

落合的建议：思考如何运作自己

在之前的内容中，堀江先生反复强调"不工作也没关系"。其实这句话还有一层意思：关键在于如何运作自己。是玩乐还是劳动，取决于"运作"的方法。

下面我会通过"Uber"和"Pokemon GO"这两个例子为大家详细讲解"运作"是怎么回事。

Uber 的机制是通过系统把乘客的位置信息发送给司机，然后司机再把乘客送到目的地，获取报酬（车费）。而 Pokemon GO 是玩家根据 APP 的指引前往某个地方，抛出精灵球，获得报酬（小精灵或道具）。司机付出的是劳动，玩家当然是在玩耍。但是从本质上看，两者都是前往机器指示的位置来获取报酬，并没有任何区别。换句话说，一件事是朝工作发展还是朝玩乐发展，"运作"的方法是关键。

实不相瞒，我也通过"运作自己"让各种各样的价值循环起来。大学教师的工资实在是很低，光是请学生吃顿饭，补充一下研究经费，就已经入不敷出了。

怎么办呢？除了出书、开办面向普通人的演讲会与学习班，我还经营着一家叫 Pixie Dust Technologies 的公司，以我在大学研究的技术为基础，通过输出、输入与调研获取相关信息和经验，并将它们应用在校园以外的地方。公司在二〇一七年十一月拿到了六点四五亿日元的投资，同年十二月，我把以大学教师身份开办的讲座转移到了联合研究项目名下，将原始资金注入大学，以后我的工资都由公司发放。如此一来，我争取到了以对等的条件和大学方面签署协议的权利。我们公司以大学的研究成果为基础，是从大学起步的创业公司，因此得到了不少关注。

价值的形式多种多样，可以是金融资本，也可以是能力或体力资本。不过一步到位式的价值运作方法[9]已经彻底过时了。现如今，价值已经开始稳步循环。

例如，玩野战游戏是堀江先生的一大爱好。玩游戏的时候，他是没有收入的，但是他可以在参加其他活动的时候聊一聊这方面的话题，得到出场费。换言之，他是在活动会场把只有亲身体验过的人才知道的第一手信息变成了"价值"。

我把在大学获得的科研成果用作启动资金，在公司制作产品，赚取金钱收益，原理是一样的。总而言之，我们必须用心思考如何运作自己拥有的价值，将它们转化成实实在在的利益。

不过在这个过程中，有一点需要大家格外留意，那就是创造价值未必等于赚钱。大家不妨想一想，是撰写面向专家的研究论文有赚头，还是把专业论文翻译得简单易懂，以手机报的形式推送给广大群众有赚头呢？

但我们不能忘记，专家需要不停地撰写论文，以便持续更新自身的皮肤感觉[10]。他们是为了塑造皮肤感觉与稀有价值，给人类的前沿研究做贡献。拥有如此高水平的稀有价值，就算不能直接用来创造收益，也完全可能通过其他方式赚钱。

"反正我有现在这份工作就够了"——你可千万别想得太简单，还得有意识地研究一下如何运作在实际工作中获得的经验知识，以及怎样才能把它们转化成更多的收益。

仔细观察一下社交网络上的好友，你就会发现没有劳动感[11]的人变多了。社会正朝着对闲人和自由人，也就是"以自己的劳动方式消除压力、扬长避短"的人越来越有利的方向发展。看似专注于某个行业、忙碌工作的人也没有死抱着这行不放，而是巧妙地运作资产，开辟了好几种收入来源。

随便浏览一下社交媒体，你便会清楚地认识到，获得收入的渠道正日趋多样化，"运营"个人的时代已经到来了。

就业与求职的未来

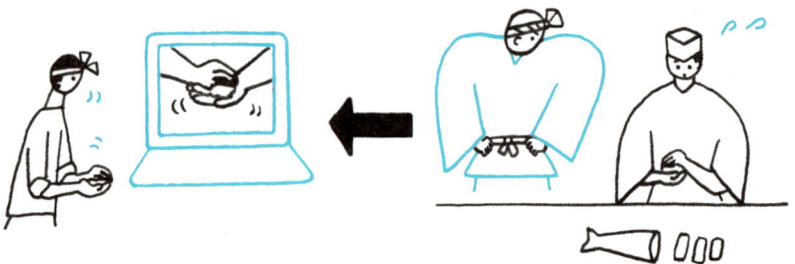

每年的"理想职业排行榜"都是媒体关注的焦点，

可见在大众心目中，"从事"某种职业似乎是人生的重要组成部分。

然而，与"从事某种职业"有关的荒唐惯例并不少见，

好比求职，又好比磨炼技能。

而且有些人直到今天还想削尖脑袋进大企业，

这种思维实在叫人费解。

跳出疯狂的求职体系

现行的求职体系相当糟糕。用人单位总是反复向求职者灌输"劳动者韧性"与"回归统一的期望"[12]，仿佛在严刑拷问一般，天知道会不会给人们留下一生难以愈合的心灵创伤。

说实话，我甚至觉得求职者最好多留个心眼，不要过于认真地参与求职活动。因为在最极端的案例中，真的有人在求职活动和新员工培训期间受到了强烈的精神打击，出现了创伤后应激障碍，备受身心折磨，连正常的生活都难以维持。

二〇一七年，有一位刚踏上社会的日本年轻人由于不堪忍受新员工培训的折磨走上了绝路。这条新闻引发了媒体的热议，不知道大家还有没有印象。这样的求职体系已经错得太离谱了。

原本朝气蓬勃的学生，在经历求职活动之后仿佛丢了魂似的，眼中再也没有了当初的神采……

身为大学老师，这样的学生我不知见过多少个，他们到底在求职活动中遭遇了什么？

日本向来有提交手写简历的文化。但我可以毫不客气地说，这种做法对筛选简历的员工和写简历的求职者都没有好处，麻烦极了，而且完全没有切中要害。手写简历撑起的是韧性与抄经的世界[13]，即只注重流于表面的努力和机械性的重复工作的世界。

"与众不同是一种风险"——这是多么荒唐的观点，可求职活动却厚着脸皮强迫求职者相信这套鬼话。在你和周围同化的那一刹那，你的思维便陷入了停滞。到时候，你就成了沙丁鱼群中的一员，别人往哪儿游，你就跟着往哪儿游。

堀江的建议：赶紧丢掉对大企业的盲目崇拜

日趋多样的工作方式已经得到了现代社会的认可。希望大家都能好好规划一下自己今后的工作方式，尤其是即将踏上社会的应届毕业生。

进入二十一世纪之后，"考上一流大学，进一流企业工作"仍然是日本大多数人的人生目标。而且大家都十分默契地认定，无论如何都要当上正式员工，这是头等大事。

只要挤进公司，就过上了论资排辈的日子，然后一步一步往上爬，工资也会跟着涨，一辈子都不用愁。然而，那不过是转瞬即逝的经济高速发展期的老黄历。这样的人生模式无异于美好的幻想，早已不复存在。

进大企业工作不是幸福人生的唯一选项——瞧瞧大企业员工的劳动形态，便知道这绝非虚言。漫长的通勤时间，上下班高峰的拥挤，没完没了的加班。职场氛围也很有问题：冗长而繁杂的管理模式，毫无意义的部门斗争，无视个人意愿的人事安排……在大公司中职场的人际关系怕是比劳动效率更重要，还是赶紧丢掉对大企业的盲目崇拜吧。

要"研究"，不要"修行"

我曾经发过这样一条推文："苦修好几年才能做寿司师傅？简直荒唐。"一发出去，网民们便大举杀来，批判我说："哪里荒唐了?!"

可这样的传统真的不荒唐吗？

后来，一家寿司店的主厨看到了这条消息，特意跑来告诉我："我就是看 Youtube 学的做寿司的手艺。"

我在京都去过一家品质相当好的割烹料理店*，听说他们家的主厨也是跟着 Youtube 的视频学的手艺，他的衣着打扮也很随意，没有大厨的架子。

再给大家介绍一个事例吧。神户有一家叫"寿志城助"的寿司店，他们家的厚蛋烧特别好吃。其实这道菜的菜谱参考了西式甜点的做法。主厨研究了各种各样的菜肴，终于开发出了这款绝顶的美味。

通过上面这些例子，我们不难看出：修行时间越长，就越是容

---

*一般以吧台座为主，能直接看到厨师烹饪的日式餐馆。

易束手束脚，以至于翻来覆去只会做那几样东西。

最不可取的是以修行了十年为荣的看法。有这种思维的人会下意识地认定："我修行了那么多年，我做的鸡蛋烧当然是有价值的。"同样的，很多人误以为千辛万苦考下资格证这件事是有价值的。殊不知价值不在于付出了多少劳动，用户才是评判价值的人。

研究与修行是两码事。既然一样要花时间，那还是把精力投入更有意义的研究活动为好。

AI 社会是没有奴隶制的古罗马

AI 时代也许和古罗马有着异曲同工之妙。古罗马是有奴隶制度的，而 AI 刚好能在某种程度上替代奴隶的功能。

堀江先生也说过："在不远的未来，人人都能过上罗马市民一般的日子。"

世界上第一批做"研究"的人，正是急于打发闲暇时间的古罗马和古希腊的贵族。音乐也是由贵族发明的事物。贵族想出来的东西，基本都是从玩乐衍生出来的艺术。

人们往往把研究视作工作的一部分，但是随着社会的发展，研究必将成为生活方式的一部分。所以堀江先生说的"以后能靠玩乐吃饭"，还有"研究与修行是两码事"都很有说服力。

"迁移学习"[14] 的必要性也是与日俱增。它是值得深度学习的应用技术，可以在数码空间实现。但现阶段的人类还无法直接获取他人掌握的数据，所以人们才会反反复复地做无用功。

假设此刻某位贤者的生命进入了倒计时阶段，问题是他的知识是只属于他的，这多么可惜啊。要把贤者的知识或技能传承下去，教育是唯一的办法，但是会花费许多时间。

看到这里，各位读者应该都反应过来了吧。没错，我们所处的社会正面临着一场大变革，必须及时调整思维。一切都会经过统计学处理，然后逐步优化[15]。如果你在这样的紧要关头还忙着埋怨社会，那一定会被技术进步的浪潮甩在后头。

不过大家也不必太担心，具体问题要具体对待。从下一章开始，我们会深入介绍学校里学不到的"对人生的整体规划"。我与堀江先生会列出一些"今后会消失或减少"的工作和"今后会诞生或增长"的工作，希望大家能参考我们的点评，认真地探讨在人生百年时代的活法。

1 **"公司"（company）** 社会侧重"宗教式联系"，公司侧重"行为式联系"。从这个角度看，可以说"公司"与同业公会的概念十分相近。

2 **自上而下** 不是从需求出发（bottom-up），而是以理想为主导（top-down）。在构建体系与理论的时候，不采用从需求出发的自下而上模式，而是建立"为了达成目的必须解决什么"的理想，以顶层主导的形式，依次达成具体的目标，以求解决问题的手法。

3 **去中心化以及受益人负担原则** 去中心化指的是所有参与者均可享受利益的状态。受益人负担原则指的是"所有参与社群且获益的人都要为促进社群发展承担成本"的观念。

4 **站在投资组合管理的角度看，你就是白白损失了时间** 按投资组合运作的逻辑，分析个人利用自身的时间与劳动积累的各种资产时，使用"不对提升名望做贡献"的时间无异于损失时间资产。

5 **顺应** 生物的自然行为不受以往的"普遍模式"左右，而是在已经改变的价值观体系中，搜寻全新的最佳答案。

6 **Uber** 即优步，用智能手机呼叫专车的服务。通过平台，将想坐车的人和此时此刻能载客的车进行匹配，实现了出租车调度服务的自动化。

7 **源自科技发展的"进化压"以及源自市场的"淘汰压"** 当科技渗透到一定程度的时候，会产生"必须利用这种科技改某领域的手法"的从众压力，即进化压。在市场原理的作用下，无法顺应其变化的人或领域会被淘汰，即淘汰压。

8 **"觉得自己遭到了压榨的劳动者"** 认为自动化与节省人工会导致自己失业的劳动者。

9 **一步到位式的价值运作方法** 技术进入社会的方法不过是小众的特例。在文中特指在终身雇佣制的语境下，始终从事同一种职业直到退休的情况。

10　皮肤感觉　基于长久以来积累的经验，能从定量角度感知定性事物，也能从定性角度感知定量事物，并运用隐性知识迅速做出深度判断的感觉。

11　劳动感　感觉工作带来了某种痛苦，却依然要从事工作的状态或氛围。Work life balance（工作与生活的平衡）一词能生动体现出这种感觉。

12　"劳动者韧性"与"回归统一的期望"　蔓延于求职活动中的不合时宜的整体观念，更尊崇集体认同感而非实际价值（"努力本就是值得称颂的""跟别人一样才是对的"），最具代表性的现象有"提交手写简历""穿毫无个性的求职西装"等。

13　韧性与抄经的世界　同 12，特指"努力本就是值得称颂的"这一观念大行其道，性价比极差，思维极其落伍的"求职活动的世界"。

14　"迁移学习"　Transfer Learning，将在某个领域学习掌握的模型与参数移植到另一个领域的技术与思维。

15　经过统计学处理，然后逐步优化　当数量发展到服从统计学原理的规模时，计算黑塞矩阵（Hessian Matrix）等处理步骤将自动完成，无须借助人工即可实现优化处理。在"那就是统计学层面的'自然'"这一语境下使用。

第 2 章

什么工作会消失不见?
什么工作会改头换面?

从"人对人"到"人对机"——市场原理适用于一切

社会系统一旦改变，曾经"普通"的东西便不再普通。这是本书一开篇就强调过的概念。

下面就让我们聚焦于工作方式，回顾一下社会系统是如何变迁的吧。

人类原本是狩猎民族。进入森林打猎、晾干木头生火、把食物煮熟再吃……人人都具备这些能力。大家都能做到最基本的健康管理，不至于因为营养失调而一命呜呼，说不定还会点指压按摩法，能帮劳累的小伙伴疏通一下筋骨呢。也就是说，在原始时代，每个个体都具备了极为全面的生存能力，而且每种能力都达到了一定的水准。

然而，随着社会系统的变迁，这种状态却变得不再"普通"了。

生孩子是个特别典型的例子。大家养的宠物有没有生过小宝宝？对动物来说，分娩也是大事一桩。但是一般情况下，它们能独立完成生产过程，不需要旁人的协助。

可人类不一样。为了保障母子双方的安全，人类需要通过社会系统构筑起由医院或助产士协助生产，并进行产后护理的环境。我的妻子前些天刚生完孩子，那家妇产科医院比较推崇自然分娩，所以她没有做侧切，也没有使用催产剂之类的药物，从头到尾都靠自己生产。但在孩子出生后，医生还是立刻处理了胎盘，为她缝合了会阴，还进行了一些其他的产科治疗。住院期间，我的妻子享受到了最有利于产后恢复的医疗服务，孩子也在新生儿科室接受了各种各样的检查和护理。

个人能力与社会功能往往不能两全其美，但是在社会变迁的同时，人们逐渐意识到，没必要追求人人无所不能的状态。没错，这就是我们反复强调的优化与专业化。职能被一一划分开来，每个人根据各不相同的特性各司其职。在现代社会里，货架上摆满了整齐划一的产品，便利店的功能 [1] 也在不断扩充。而社会职能属性的基础设施与平台也在以同样的方式扩大，于是生活变得越来越方便，也愈发千篇一律。

综上所述，分工优化已经在"人对人"的层面进行过一轮了。不过在近来的四五十年里，同种类型的优化也出现在了"人对机器"的层面。

"人对机器"的分工优化非常简单，只需要考虑成本 [2] 就行。什么意思呢？

同样一件事，如果让机器完成后所需的成本更低，那就交给机器来做。当然，手工操作带来的附加价值不会受影响，上一章讲解过的"藏寿司化"就是个很典型的例子。

只要像这样分析一下社会的变迁，就不难推测出哪些工作会消失，哪些工作会减少了。工资高得不合理的工作将走向消亡，而成本很低的职位也会被机器取代。

十年后会消失或减少的工作

给大家举几个具体的事例，整理一下思路。

首先，经营者就是一种"不合理的工资和激励机制（股权）带来数额庞大的资产"的工作。在经营者的日常业务中，不一定要由人来做的工作并不少见。在我看来，经营者的工作可以分成两大板块：勾勒组织的愿景与管理组织。现阶段的 AI 还没有规划愿景、激励员工的能力，因此能规划愿景的经营者是不可替代的。但 AI 可以胜任管理的工作，而且与人类相比，它尤其擅长这个领域。基于云计算的企业管理工具便能充分体现出 AI 的优势。

在丰田汽车这种采用"自律分散型"[3]模式让每个个体的工作方式都经过优化的组织里，经营者唯一的任务就是规划愿景。没必要向那些只会管理的经营者支付高昂的工资，有一台可以下达精准管理指令的 AI 就够了。从这个角度看，丰田采用的是无法用"选择与集中"*概括的大局经营模式。

＊经营多种业务的公司选择某项事业作为重点业务，并集中向其投入大量资源的一种经营方法。

其次是因为内容较为公式化，导致成本较低，而且从业者较多的工作。各种行政（文员）工作都属于这种情况。每家公司都离不开行政人员，但不具备特殊能力的人也能胜任，所以招募成本和工资水准都算不上高，这样的工作很容易被转移到云端进行。

虽然行政人员的工资不高，但是在日本，做行政工作的人非常多，总的看来，花在行政人员身上的成本还是非常大的。正因为这种工作的综合成本高，一如刚才提到的经营者，它才会成为最有可能被 AI 替代的职业之一。人类与 AI 共事的模式应该也会普及开来。

综上所述，对一家公司而言，养好几个年薪一千五百万到两千万日元的经营人才只会增加成本，想把这部分业务外包再正常不过。而工资不高，但需要雇好几个人的职位，也可以用一台高水平的 AI 代替。

例子就不多介绍了，但是请大家牢记，这样的价值观就是今后的发展方向。所有的职能与工种都逃不过市场原理。

在这个基础上，我们将围绕今后有可能消失或减少的工作，与大家分享相关的预测与观点，并阐述我们是如何得出这些结论的。这部分的内容图文并茂，文字也尽可能做到浅显易懂。当然，再用心也难免会有疏漏，还请大家见谅。

管理职位

只会管理的管理人员完全可以用 AI 代替

在列举具体的职业之前，我们可以大胆预测，

"管理职位不再必要"将是各行各业都会出现的变化。

连只会管理的经营者都会被 AI 取代，还要管理人员干什么？

大领导是勾勒出愿景的经营者，下设"AI 董事会"……这可不是天方夜谭。

也许在不远的未来，就会有这样的企业与共同体诞生。

秘书的业务范围将缩小

秘书的主要工作有安排日程、回复邮件、提醒日程、整理资料……

但这些所谓的"内勤工作"很有可能被办公软件装载的 AI 技术取代。

不过为促进沟通服务的工作应该会继续由人来完成。

比如陪同领导与公司以外的人洽谈。

如果领导跟我一样时常上电视，那么陪同领导去演播室也属于这种情况。

秘书这种职业也许不会消失，但业务范围可能会逐渐缩小。

销售

没有"粉丝"的销售将被淘汰

机器不会撒谎，所以能得到顾客的信赖。

而且它们不会过度宣传商品与服务的价值。

到了 AI 比人更受信赖的时候，只有"自带粉丝"的销售人员才能幸存。

你得让顾客觉得："既然是你推荐的，那我就买吧！"

靠视频挣钱的"油管"播主已经体现出这方面的征兆了。

监工

关于今天的施工……

工人不会消失，但 AI 与极少数人足以撑起监工的职能

在土木建筑等行业的施工现场，许多环节对精准度有极高的要求。那些需要拼命完成的工作应该也不会被 AI 取代。

然而日本的人口在不断减少，如果总也不用机器取代人工，时间一长，新楼房就没法建了。

不过监工的消亡是可以预见的。

与人类相比，AI 更擅长根据数据制订高效的工作计划。

AI 负责下达指示，人类负责动手，堪称最理想的模式。

这一模式与共享汽车服务"Uber"有异曲同工之妙，因为 Uber 也是通过 AI 将司机和乘客串联起来。

程序员会变便宜

人们心目中的铁饭碗——程序员，也是非常有可能消失，或是被自动化 AI 取代的工种之一。

失业的先后顺序由工资决定，工资越高的程序员越容易失业。

说到底，编程本就不是只有一小撮人能做的专业工种。

能以十分低廉的价格学到技术的教育服务正在蓬勃发展，总有一天，编程会跟 Excel 一样，变成人人都会的基本技能。

能坚持走在业界前沿的人另当别论，其他人与随处可见的货品无异。掌握熟练的编程技能固然重要，但它和读、写、算一样，属于常识的范畴，别指望以后能靠编程吃饭。

还不如朝着职业棒球运动员努力，成功率说不定更高。

仔细想想程序员与开发者的区别吧。

至于系统设计，有几个专家就足够了。这与之前提到的"管理职位无用论"是一回事。

所有可能出现的任务中，哪些要交给机器，哪些则要人来完成？

把这方面的设计交给有创意的顶尖人才去做就对了。

拥有巨型仓库的企业（比如亚马逊）总在不遗余力地研究如何配置操作流程，才能让库存系统的各项机能完美运行。

能进行整体优化的人才本就寥寥无几，不一定非得是人来做。

程序员

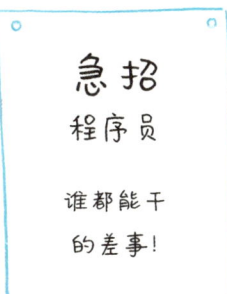

急招
程序员

谁都能干
的差事!

律师

高薪律师将被低成本的 AI 取代

律师经常需要根据过往的数据做出判断。

日本的司法系统有给案例配解说的习惯，所以"任务"本身其实很简单。

明明是人类在人为系统中做判断，却莫名其妙支付了高昂的律师费。换言之，律师是典型的容易被 AI 取代的高薪职业。

法官、检察官等性质相似的工种也很有可能被淘汰。

真有人编写了一个判决 AI，让它学习案例的审判理由。

测试结果显示，AI 对过往案例的回答正确率超过了百分之八十。

只用一个多小时做出来的东西就已经这么厉害了，编一套更像样的程序出来，法官说不定都要下岗了呢。

会计师、税务师、社会保险劳务师等职业

和法律有关的工作是 AI 的拿手好戏

会计师、税务师、社会保险劳务师……这些工作的本质都是根据法律条例做判断，而这正是 AI 的拿手好戏。目前网络已经能取代他们的一部分工作职能了，所以这几种工作绝对会受影响。

在我们公司，很多手续都是通过云服务办理的，和以前相比，依赖人工的比例已经下降了不少。

除了有游戏性质的互动，其他方面的人才需求度会相应减少。

另外，只要通过 AI 分析个人的特性，绘制出错原因的图谱，审计师等工种的常规业务也可以实现机械化。

教练

名帅敌不过 AI 教练

AI 的判断功能十分强大。

这么看来，向运动员下达指示的教练也算是很适合 AI 的工作了。无论是足球还是棒球，AI 恐怕都能以比人更快的速度做出正确的指示。

如果是足球比赛的话，AI 应该能根据控球率等数据，做出高效而精准的判断。难以通过表象判断的元素的确存在，比如运动员的疲劳程度，但靠 AI 来识别还是有可能实现的。

换人上场的时机大概也能摸得很准。不过激励运动员与沟通就是另一码事了。

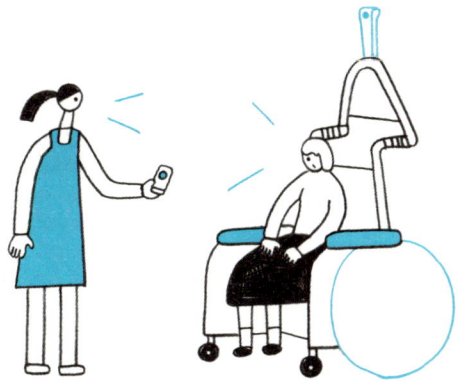

技术的进步将改变护理服务的现状

如前所述，随着技术进步，未来的护理人员只需要做人该做的事。从这个角度看，他们的负担会减轻不少。

护理工作最费事的部分，在于移动被护理者的过程中的安全管理，所以一名被护理者需要有多名护理人员陪同。

改用电动轮椅的话，一位护理人员陪同就足够了。

本不应该由人完成的环节会减少，于是业务会逐渐优化，总的来说，对话与交谈等"非人不可的业务"的价值会相应上升。

保安

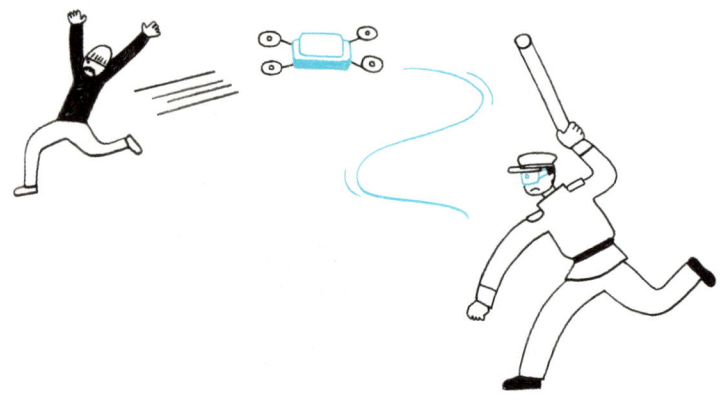

未来的保安戴 AR 眼镜执勤

就算天下太平，也得傻站在自己的岗位上。这就是保安的工作。

当然，有人站着的威慑力还是很大的，但是在不远的未来，可能会有越来越多的保安戴上 AR（增强现实）眼镜。

他们不用一直盯着，在设备报警时出动抓人即可。

和护理人员一样，保安的工作负担也会变轻。

堀江的小提示：

用无人机巡逻也是个好主意，相关的试验已经开始了。

监狱巡逻员之类的工作总是无人问津。可以把无人机和图像识别技术结合起来，这样就能解决人员短缺的问题。

教师

AI 能根据每个学生的实际情况设计课程计划

有了 AI 的帮助，教师便能根据每个学生的学习进度进行指导。

在设计用某个函数优化过的个别化教育[4]这方面，AI 的能力可比老师强多了。

另外，老师们也不用费时费力批改考卷了，交给电脑就行。

到了那个时候，AI 不光能批答题卡，连简答题都能批。

不过刚引进 AI 的时候，很有可能需要人工复核。

考虑到使用成本，现阶段的引进难度比较高。

高薪研究员与做研究的 AI，
谁能笑到最后？

二〇一七年，第一生命保险公司进行了一项关于"理想职业"的问卷调查，受访者是一千一百名来自托儿所、幼儿园的小朋友和小学生。

答案之中，"学者或博士"摘得阔别十五年的桂冠。

然而等这群孩子长大成人的时候，当学者和博士的难度兴许比现在更高。因为 AI 有可能代替人类管理研究团队。

毕竟技术研发与科研不比便利店收银员，需要从事复杂的研究工作，开发能处理复杂任务的 AI 还是很费成本的。

问题是，当你把现有研究人员的工资和 AI 的研发费用放在天平的两端时，把资金投入研发做研究的 AI 而非研究人员身上也是值得考虑的选项。

在日本，研究员的确不是高薪职业，可是在美国这种研究员的工资非常高的国家，天平会向 AI 倾斜也是顺理成章。

如果对研究进行管理的 AI 技术在美国普及到了一定的程度，日本的跟进就只是时间问题了。

堀江的小提示：

光做研究还不够。

未来更需要会思考"如何将研究结果回馈社会"，并能自行筹措资金的研究人员。

"智能手机世代"的
新视点有助于电视的进化

电视要没人看了！——随着互联网与智能手机的普及，这样的论调由来已久。

但电视依然享有巨大的既得权益，不会轻易消失。

然而，电视若想保住大众媒体的地位，就必须努力打造比互联网、智能手机更有趣的内容。

在我看来，打造优质内容的关键正是 AI。

说得更具体些，就是充分利用 AI，制作互动型电视节目。

例如，让 AI 在一瞬间分析判断一百万名观众的意见，根据观众的反应，向摄影棚里的谐星实时下达"吐槽"或"抖包袱"之类的指令。

把虚拟主播打造成观众与表演者间的桥梁，也是个不错的发展方向。

更熟悉智能手机而非电视的"智能手机世代"入职电视台以后，也许电视节目的画面上就会出现暂停键了，说不定还能实时倒带呢。

只要在过时之前开动脑筋，电视就能迎来光明的未来。

堀江的小提示：

现在的技术已经能够逐步打造 AI 播音员和 AI 主持人了。

AI 也有可能进入广播 DJ 之类的职业领域。

电视

行政

人的成本更低，是行政人员存在的唯一理由

正如我们在第一章探讨过的那样，白领正式员工即将成为难以创造价值的工作之一。

落合也说过，简单的工作还没有被机械取代，不过是因为眼下是人更便宜罢了。

做行政工作的白领可以砍掉一半。

以计算为主的工作也没必要特地找人来做。

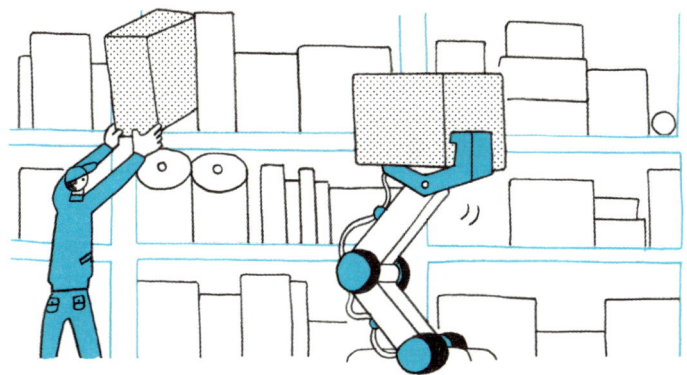

仓库拣配员的未来，视 AI 今后的研发情况而定

在电商行业蓬勃发展的今天，亚马逊等电商企业的仓库都很缺拣配员。

所谓拣配，就是在仓库货架上按顾客需要挑选并取出商品，进行出货准备。

拣配员缺到要找当地政府帮忙招人的地步。现阶段的机器设备还难以胜任这份工作，所以找人来做更便宜。

不过最近亚马逊找了几家创业公司，让他们开展研发竞赛，研制用于改善仓库运作的机器人与 AI，所以这个工种在未来被取代的可能性也很高。

机械化成本一旦降低，拣配就不再是人类的工作了。这一点毋庸置疑。

公务员

公务员基本可以下岗了

公务员应该做的工作基本上就不剩什么了。

单看今后二三十年，公务员也绝对称不上铁饭碗。

要是什么申请都能通过智能手机完成，谁都不会特地跑去窗口办理。

落合的小提示：

日本的邮局职员原来也是公务员。

但是在邮政民营化之后，他们都成了普通的工薪族。

也许这一回，公务员将成为基于自动化的"小政府"的代名词[5]。

世界各地都已经呈现出了这样的趋势。

窗口业务

窗口业务还是得让人来干？

有一次，我去机场的窗口预约高级经济舱的座位。

可窗口的员工特别糟糕，简直跟机器人一样。

除了把键盘敲得哗哗响，他愣是什么都没干。

在距离登机还有十五分钟的时候，座位会被自动分配给等候名单里的人。

眼看着截止时间快到了，我越等越急，便问："怎么回事啊？"

结果那人给了我一句："请您坐下一班飞机。"让人守着窗口的意义在哪里？

医生

医生能专注于治疗与手术

就算医生这种职业将来不会被 AI 取代，他们所发挥的作用也会与现在大不相同。从数万种诊断模式中选出正确的一种，给出百分之百妥当的处理方案——人毕竟是肉体凡胎，不可能做到百分百完美，但 AI 还是有可能做到的。

只要让 AI 提前学习疾病的诊断标准，就能打造出具有一定水平的"超级医生"。于是乎，医生就不再是做出诊断的人了。他们也不必再为复杂繁琐的业务劳神，可以用更多的时间和患者直接打交道，呵护患者的身心，或是专注于手术。

落合的小提示：

剩下的问题就是"如何获取较罕见的疾病案例"了。

AI 连创造性都能模仿？

涉及"语言文字"的工作(比如广告文案)是 AI 擅长的领域之一。

通过大数据分析得出的文案更容易实现直戳人心的效果。

而好莱坞电影的剧情,也有绝对能卖座的套路。

最近的电影已经有很多部分是用大数据敲定的了。

"创作型工作不会被 AI 取代"只是人类一厢情愿的想法。

不过到时候,"利用统计数据、AI 与印刷技术,孕育更加新颖的创意"的创作者应该也会应运而生。

艺术

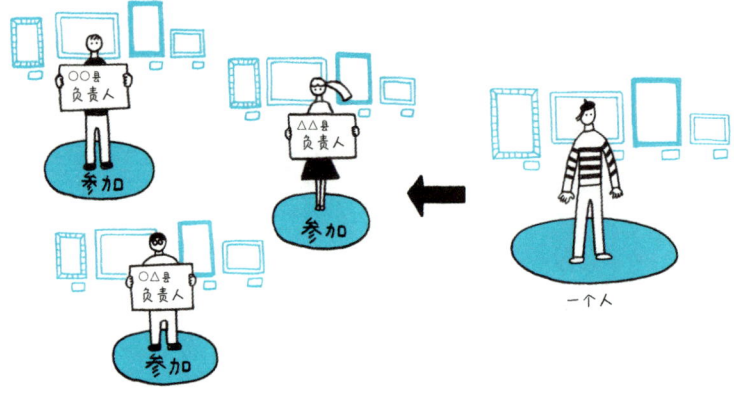

创作者的价值将扩大至运营层面

难道 AI 的登场会让创作者失去所有的价值吗？倒也未必。

诚然，即便是专业化程度看似很高的作品，AI 也有可能做出几乎相同的东西来。

然而，如今的观众不光要鉴赏，更要追求体验。

例如，西野亮广的《烟囱之城》面向全社会征集愿意帮忙举办原画展的人，获得了空前的成功。

因为不满足于鉴赏的人们被运营这种体验价值吸引住了。

因此创作者的职责与作用，很有可能扩大到"提供体验价值的人"。

银行职员

银行职员自不用说，连银行都用不着了

银行将退出历史舞台。大型银行已经呈现出了 IT 化的趋势，纷纷推出手机汇款等服务。问题是，我们真的还需要纸币与货币吗？

手续费低廉的虚拟货币吸引到了越来越多的用户，银行的用户必然会逐渐减少。

如何引进虚拟货币与区块链技术，恐怕会成为决定银行生死存亡的关键。

传统意义上的银行职员与银行窗口也将慢慢减少。

落合的小提示：

银行如果想生存下去，调整职能势在必行。

运输业

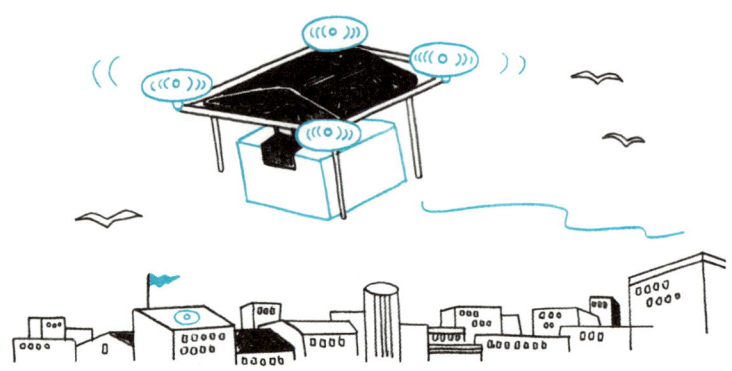

除了运输重物与搬运入室，有无人机与自动驾驶足矣

自动驾驶将取代的服务不仅限于出租车等出行手段。

自动化也是运输业的必然趋势。请大家注意，陆路并非运输的唯一渠道，通过无人机实现的空运服务也绝非天方夜谭。

天上没有烦人的障碍物，而且实现自动化的技术难度也不高。

要不了多久，大楼的屋顶上便会出现无人机专用的停机坪。

不过在现阶段，运输重物与大件行李搬运入室仍是人类的专利。

就算运输手段变成了机器，送货上门这项工作也不会立刻消失。

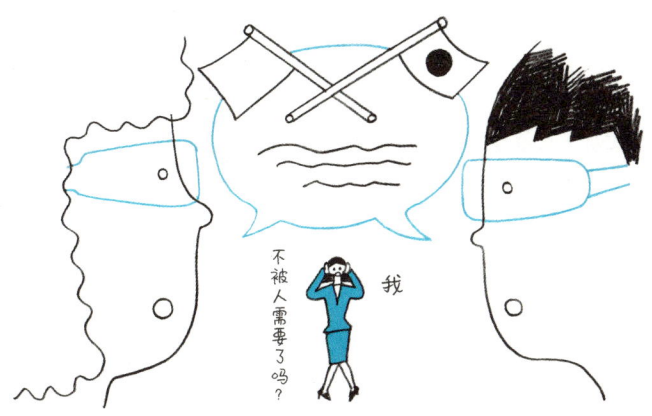

笔译有"Google 翻译"就足够了？

毋庸置疑，与翻译有关的工作也是夕阳产业。

Google 翻译 APP 已经有了实时相机翻译功能，能把手机镜头拍到的文本翻译出来，叠加到原始画面上。虽然现阶段的译文经常闹笑话，但精确度的提升只是时间问题。

到时候，我们就没有必要学英语了，说不定连英语培训学校都要倒闭。

要是没有卓越的技术、附加价值与沟通能力，"笔译"这条路怕是会非常难走。

出于同样的原因，口译员的职业前景也不甚乐观。

等技术成熟以后，我们只需要一台头戴式可视设备（这正是落合的专业领域），处理好的译文便会实时显示在眼前。

自动驾驶使司机不再必要

自动驾驶一旦普及，传统意义上的司机就可以下岗了。

因为只要提前设定好目的地，车就会把你带到想去的地方。

另外，在自动驾驶技术成熟之前，共享汽车服务的发展也会大幅削减司机的需求量。

届时，唯有把开车作为兴趣爱好，才能让"车手"属性的司机大展拳脚，赛车场等特殊场地将成为他们活跃的舞台。

截至二〇一七年二月，Park24* 运营的汽车共享服务 "Times Car Plus"，已经吸收了近七十七万名会员，业绩迅猛增长。

连汽车的需求量都下降了，提供零部件的公司和驾校的业绩必然会相应大幅减少。

落合的小提示：

容我稍作补充：

自动驾驶和自动运行的汽车是两种截然不同的逻辑。

不驾驶意味着人能在车里工作、发邮件、听音乐……仿佛置身于居住空间一般。

这样的时间与空间所孕育出的经济价值便是近期的热门概念——"乘客经济"（Passenger Economy）。

能否基于这套逻辑进行技术研发，也是值得我们关注的要点。

---

* 日本最大的停车场运营商。

司机

农业

农业机械化造福人类

引进机械后，农业的效率已经实现了大幅的提升。

其实农业领域并不存在非人来干不可的工作。

当深度学习进化到一定的水平后，AI 便能在一瞬间分析出作物的收获时期。

大多数工序都能通过物联网实现自动化的未来指日可待。

通过 Bot 完成订购

Facebook 的客服机器人 Bot 将彻底改写"客服"的定义。

在对话平台联系某家企业之后，Bot 会向用户询问订单内容与必要的信息，用户只需要回答 Bot 的问题，就能完成一次订购。

未来的零售店也许不必配备店员。

但所有业态的商店都用不着店员了吗？那倒也未必。

在选购家电等产品的时候，消费者的确可以根据网上的信息与其他用户的点评寻找心仪的商品，但不懂行的人肯定还是希望找店员参谋参谋的。

这类人眼下还是会选择去实体店征求店员的意见，或是去可以使用优惠券的商店消费。

便利店收银员已经在减少了

一听到"收银员会消失",人们最先联想到的大概是"自助收银机"之类的画面,其实不然。

不知道大家还记不记得,在二〇一八年一月,亚马逊的无人便利店"Amazon Go"正式开业了。

这家店里装了无数个传感器、摄像头与麦克风。

AI 会分析这些设备获取的信息,识别顾客购买的商品。

总而言之,只要把商品放进购物篮,系统就会自动识别出这个人买了这款商品。

而且顾客购买的商品会通过手机 APP 记录下来,通过亚马逊账户结算。

等这类服务的成本降下来以后,收银员必然要下岗,便利店的定义也会被改写。

其实中国已经有"无人便利店"了,还引进了"行窃等不法行为会导致信用分数下降"的机制(稍后详细介绍),有效杜绝了偷窃行为的发生。

便利店的收银员

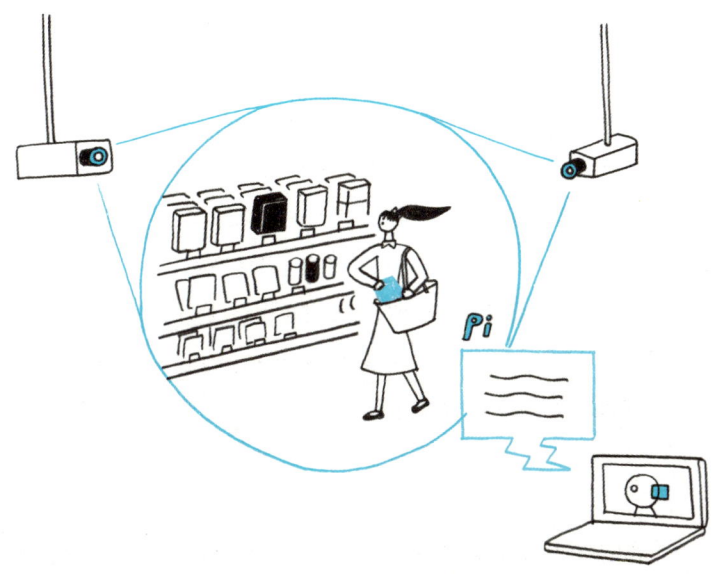

实体空间将成为制胜利器

随着文字内容的电子数据化，中小规模的书店已经消失了一大半。

据说二〇一七年的书店总数比一九九九年的少了大约一万家。

可书店会完全消失吗？恐怕不会。

只要充分运用实体空间独有的优势，书店就能杀出一条活路。

作者的演讲会、签售会等保留节目自不用说，在书店附设的咖啡厅举办活动，通过社交网络进行宣传的模式也有人在尝试。

市面上还出现了能边看书边品酒的酒吧，把书本作为吸引顾客的内容，精心营造舒适的空间已成为业界的新趋势。

想当年，书店只需要把书放在货架上就能挣钱。

许多曾经辉煌过的行业都喜欢拿文化这个冠冕堂皇的词做借口，故步自封。殊不知，这样的书店会一家接一家地倒下去。必须充分利用书店的实体空间，才能找到生机。

落合的小提示：

也许书店会逐渐朝沙龙靠拢，成为展示"书本与书外之物的关联性"的空间。

餐饮店

两极分化的餐饮店

未来的餐饮店将呈现出两极分化的局面。

有的不见人影，有的却以人为卖点。

考虑到规模效应，面向大众的廉价餐饮店一定会从可以机械化的部分入手，削减人工。

比如麦当劳就是通过推进机械化提高收益的典型，它很有可能成为率先引进 AI 的餐饮店。

与此同时，靠特色吸引顾客的餐饮店是不会倒闭的。

例如小酒馆，消费者光临的动机往往是想见见老板娘。

这也是绝不会被 AI 抢走饭碗的典型。

物流

堀江的建议

专攻利基领域 *

B2B 的物流业务受自动化影响的可能性也很高。

话虽如此，物流行业的利基领域是很难实现自动化的，因此未来的物流企业也许会专攻这些部分。

机器取代人类完成简单动作的未来已经近在眼前了。

在运输业与其他相关的行业，企业的寿命应该会取决于是否有能力完成机器无法立刻模仿的专业任务。

＊针对企业的优势细分出来的市场，针对性、专业性很强。

编辑校对

人负责编辑书本，机器负责校对与音频转文字

作家星新一专攻的微型小说领域有许多相似的套路，只要数据库足够庞大，AI 也能写出来。

但 AI 不擅长原创，所以书的架构还是需要人来把控。

如果要把 AI 引入制作书籍的过程，音频转文字恐怕是最适合它的任务。只要运用语音识别技术，应该就能轻松实现。

校对和把某段文字改写成某人的风格也是 AI 的拿手好戏。

堀江的小意见：

由处理统计数据的 AI 预测什么样的书能大卖，也是今后可能出现的趋势。

创造非你不行的局面

市场原理应用于各行各业，工作方式逐步优化……在这样一个动荡不安的时代，什么样的职业才能屹立不倒？其实有没有特殊的技能，并不是决定生死存亡的关键。

简单地说，找到专门解决"看起来很麻烦的问题"的职能，把它作为自己的职业就行了。今时今日，成本已经成了衡量各种职业的标尺。在这样的大环境下，高薪职业本就是需要解决的课题。

反过来说，如果现在支付给从业者的工资低于能完成这种工作的 AI 的研发成本，那就意味着这是应该由人来做的工作。换成 AI 也没有多大好处的职业是很难被优化的。

"一人身兼多种复杂职业"的人才很难被机械取代，因为没有足够的经济利益驱动人们耗费巨大的成本，用机器取代这样的人。换言之，在时代不断发展，许多东西都向"商品"靠拢的过程中，坚持学习才是最有价值的行为。

请允许我趁机自吹自擂一下——其实我的职业就是个非常典型的例子。我既是大学老师（教育者加研究员），又是经营者，还是媒体艺术家，一人身兼四种带有利基性质的职业。要同时吃上这四碗饭，得付出相当大的努力。教育、工学研究、经营创业公司与利用新媒体技术进行艺术创作[6]是四件完全不同的事情，要想开发一款能同时完成这四件事的机器，天知道要耗费多少成本。于是大家便会想："还是找落合吧，他的体力够不够用另说……"而且每开始一项新工作，都会有很多新的东西要学，所以我会逼着自己发奋努力。如此看来，这个组合特别适合边学边跑的模式。

到头来，在考虑职业与职能的时候，最重要的还是在某个市场或经济圈中，打造非某个人不可的局面。

看到这儿，也许会有读者担心自己的未来将何去何从。但我要给大家打一针强心剂，随着演化博弈论中的市场优化[7]走向消亡的工作的确存在，但与此同时，也会有新的工作随着优化处理与自动化的发展而诞生。

至于今后会诞生怎样的新职业，哪些职业又有着美好的发展前景，我们会在下一章为大家详细讲解。和AI有关的工作自不用说，堀江先生还会分析今后的工作新趋势——创造独特的价值，把玩乐当成是工作。

在接下来的章节中，我们会分享各种各样的秘籍与绝招，帮助大家在剧烈变幻的二十一世纪杀出一条血路，敬请参考。

1 便利店的功能　在不断被便利店扩充的过程中，形成了平均化、标准化的"商品与服务"。

2 成本　必须承担的风险。

3 "自律分散型"　每个组成部分自主运行，无须主体发布公告或进行操控，也能正常运转的生态圈。

4 个别化教育　暗示现行的"一对多教育"是近代出现的，AI针对每个学生的实际情况设计课题、准备教材的教育模式，将成为今后的主流。

5 公务员将成为基于自动化的"小政府"的代名词　完成了民营化改革的日本邮政原本是"小政府"的代名词，但是在不远的未来，自动化会使政府进一步缩小。届时，现在的"公务员"也有可能被"民营化"。

6 利用新媒体技术进行艺术创作　新媒体艺术领域也能分为若干种流派。落合先生隶属的流派旨在"通过发明艺术展示表现的多样性"，"多媒体的发明"也是表现手法的一种。

7 演化博弈论中的市场优化　集体与集体之间、市场与市场之间的供需关系会随着其社会分布的时代性变化而变化，即"在人数众多的社会中，怎样的战略能占得优势"。

第 3 章

什么工作会应运而生?
什么工作会蒸蒸日上?

靠兴趣而非工作，创造无可替代的价值

正如落合所说，在某个经济圈中创造非某个人不行的局面，是今后必不可缺的重要思维。

"要做百万里挑一的稀有人才"——这是教育改革实践家、曾任 Recruit* 客座员工的藤原和博先生反复强调过的一句话。稀有的人才是有价值的，所以不会被 AI 取代。

话虽如此，成为百万分之一的概率和拿奥运金牌有一拼，普通人恐怕难以做到。那百里挑一呢？在学校里，两三个班的学生加起来，正好是一百多人。专注于自己的爱好，成为这一百个人里的第一名，好像还是有可能实现的。

然后再另外找两个领域，做到百里挑一的水平就行了。三者相乘，就是"1/100 × 1/100 × 1/100 = 1/1000000"。百万中挑一的人才就是你!

到时候，你就能成功打造出"在某个经济圈中非你不可的局

---

* 日本头号人力集团。拿年薪的"客座员工"制度就是藤原在职期间创立的。

面"。打着灯笼也找不到和你有同样价值的人。

所以"争做玩乐专家"成了我的口头禅。简单劳动就不用说了，连经营者都是有可能被 AI 取代的工作。在这样一个时代，唯有把尽情娱乐当成工作的人才有一线生机。

不情不愿地逼自己工作又有什么用呢？你肯定比不过那些拼命工作的人。与其天天熬日子，还不如一头栽进自己喜欢做的事情里，不要考虑什么胜负输赢。不知不觉中，你就会成为独一无二的人才。

大家对我的第一印象可能是有很多职业的人。我手里的项目的确不少，但每一个我都是打心底喜欢，全身心地投入。在我的心目中，它们绝不是单纯的盈利工具，更不是需要苦熬的工作。我可以很明确地告诉大家，那些项目全是我的爱好。为什么能同时推进那么多业务？因为我真心喜欢啊。

人类失业清单的准确率和血型占卜差不多

大家心目中的常识，也许会在五年后、十年后彻底过时。社会正以迅雷不及掩耳的速度变化，谁都无法精准预测几年后的未来。

所以我不喜欢展望未来。如果连一年后的发展都无法断定，想象十年后的未来又有什么意义呢？我总觉得那是闲人才会做的事。

在牛津大学研究 AI 和相关技术的迈克尔·奥斯本副教授发表了论文，题为《就业的未来：就业岗位在计算机化面前有多脆弱》。

他根据美国劳工部的数据，对"现有的七百零二种职业有多大可能被计算机技术取代"进行了分析。这则论文详细阐述了每种职业在数年后消失的概率，可是在我看来，这种东西毫无意义，把文中的结论套用在如今的职业上也很荒唐，因为我们身边有许许多多一百年前并不存在的职业。所谓人类失业清单的准确率，其实和血型占卜差不多。而且了解工作有多大的概率会消失又能怎样？

正如我反复强调的那样，只要全情投入自己的爱好，就不怕挣不到钱。别为了赚钱工作，通过爱好赚钱才是真理。接下来，我会从上述视角出发，为大家介绍今后会诞生的和前景良好的职业。

有抱负的个体餐馆
能战胜大型连锁店

直到不久前，连锁餐馆还有一大优势，那就是无论去哪家分店都能吃到一样的味道，不至于"踩中雷区"。

但如今的消费者可以把地区名输入 Tabelog、Gurunavi、Retty、TERIYAKI 等网站，一搜就知道当地有哪些名店了。

在这样的大环境下，有抱负、有追求的个体餐馆一定能吸引到一定数量的固定顾客。大企业在附近新开了分店也不足为惧。

尤其是高档餐馆，从收益率的角度看，开高档餐馆跟兴趣爱好差不多。

假设你开了一家寿司馆，只设六个吧台座，人均消费设定在两到三万日元左右。

这样做生意的确赚不了几个钱，可你要是能吸引到一批忠实顾客，也有坚定不移的追求，那你就不会被机械化与自动化撼动。

不挣钱也没关系，反正你乐在其中。这样的工作已经称不上劳动了，分明在爱好的延长线上。

这个例子也体现出做自己爱做的事，更容易得到他人的支持。

落合的小提示：

有艺术属性的东西[1]会越来越有价值。

个体餐馆

高级餐馆

走在时代前沿的手艺人
在 AI 时代依然抢手

近年来，拜 3D 打印机所赐，复制造型的难度降低了，把计算机上创建的数据转化为看得见摸得着的东西也愈发容易。

目前这项技术的主战场在零部件生产领域，不过为了实现用 3D 打印机造房子的野心，人们已经启动了相关的研究工作。

但是给住宅安装由工厂生产的一体式卫浴或整体橱柜的工作应该不会立刻被机器取代。

定制产品就更不用说了，直到现在还是工厂的手艺人一样样打造的，而且包括木匠在内的各种手艺人都处于人手短缺的状态。

工程承包商、建筑公司也一样缺少人手。

当然，随着技术的发展，手艺人的精湛技艺说不定也能用机器实现。但走在时代前沿的手艺人都在思考如何用机器再现自己的技术与能力，埋头钻研，反复实践。

因为他们把 AI 看成了要充分运用的东西，希望把独有的技艺交给机器去完成，以提升自己的作业效率。

"我们的技术要被机器抢走了"——抱有这种观念，拼命否定机械化的手艺人就太落伍了。

已经在从事不可替代的工作的人，无时无刻不在摸索提升自身价值的方法。

任社会如何变迁，这些人都不会被取代。

沉迷无人机的玩乐专家，将领跑八百二十亿美元的市场

在很多人眼里，无人机就是一个大玩具，殊不知它已经被应用在了航拍、测量、检查大楼墙面等方面，用途十分广泛。

用不了多久，无人机就会在人类进不去的、难以调查的地方大展身手。

在流通行业，无人机也有一定的发展潜力。

农业领域更有可能成为它大放异彩的舞台。它可以监控农作物的生长情况，播撒种子与肥料，测绘地形，进行航拍……

当然，以上部分功能会通过 AI 与自动化技术实现，但是也有必须进行人工操控的情况。

国际无人系统协会（AUVSI）也预见到了这样的未来，他们发布了一份报告称："二〇二五年，美国国内的无人机产业将带来超过十万个工作机会，带来的整体经济效益高达八百二十亿美元。"

大家不妨想一想，若干年后，当无人机操作手成为一种正经职业的时候，相关人才是从哪儿来的呢？没错，他们正是现在埋头玩无人机的那批人。

这就是早期用户玩的东西（一如古代贵族搞的研究）蜕变为生意的典型。

无人机

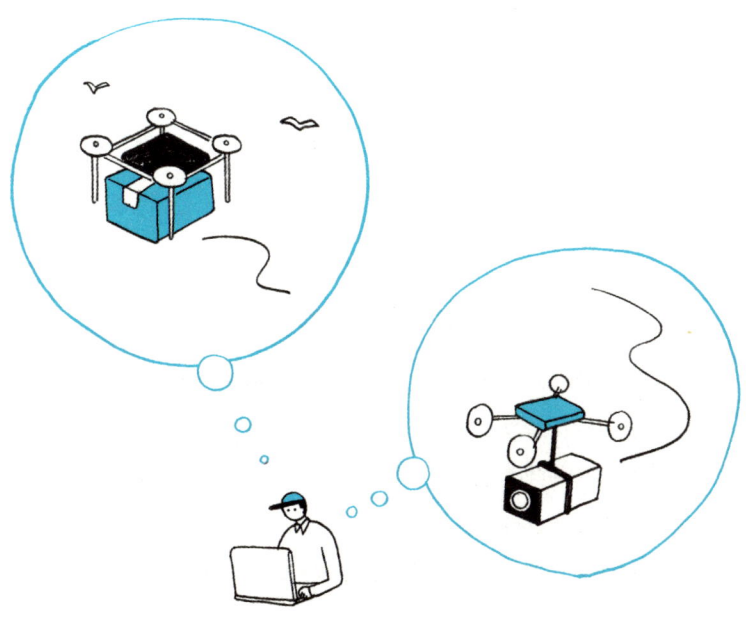

演艺事业

有了"SHOWROOM"，人人都能展示自己的才华

在机械化深入各行各业的未来，非人不可的工作反而会升值。

演艺事业便是最典型的例子。

比如说在视频媒体服务平台"SHOWROOM"上，观众可以充值购买虚拟礼物送给主播。

所以内容有趣、人气很旺的主播收入颇丰，单靠平台带来的收入生活不成问题。

放在几年前，又有谁能预料到这样的未来呢？

只要全身心投入自己的爱好，就能抓住"人无我有"的价值，而且这份价值随时都能转换成收入。

远程遥控机器人

要分身机器人，而不是人形机器人

所谓的"人形机器人"已经进入了产品化阶段，"智能机器人"的构想炒得火热。

但我总想问一句："人形机器人到底能用来干什么？"

世界上有的是人，何必特地造出一个假人来呢？

不过借助机器人打造"分身"的机器人公司 Telexistence 还是很有发展潜力的。

例如用 iPad 和小型平衡车组合而成的机器人"Double"，能代替用户亲临现场，周围的人也会有"那个人就在这里"的真实感。

VR 技术应该也能实现同样的效果。

我觉得这类技术的前景比人形机器人好多了，一定能给我们带来超越视频影像的感受。

日本将迈入全民创作时代

　　当非人不可的工作显著升值的未来到来时，人人都会成为艺人与艺术家。

　　许多闻所未闻的新职业也会应运而生。

　　我的熟人里就有不少从事新式职业的人，比如说剑玉[*]达人，或是便利店冰激凌评论家。

　　他们都把爱好钻研到了极致，坚持发布自己的观点。不知不觉中，爱好就变成了工作。

　　每次聊到这个话题，都会有人哀叹："我肯定不行……"

　　可每个人都有独一无二的才华，因为世界上没有两个完全一样的人。

　　也许你的才能赚不了足够养活别人的钱，但养活自己还是不成问题的。

　　当下最热门的"油管"主播就是这类工作的典型。

　　只要开个账户，谁都能上传视频，也不需要购置高昂的器材。

　　还有 Instagram、WEAR……平台应有尽有。

　　等你吸引到了一百万个粉丝，就有了创业的资本。可以上电视当明星，还能出书呢。

　　落合的小提示：

　　我觉得这是互联网使内容超越了时间与距离的结果²。

＊剑玉起源于 11 世纪，是一种传统的日本民间游戏。

全民创作时代

预防医学流行的征兆

预防医学是我近年来重点关注的一个领域，因为我接触过一些牙齿掉光了的老爷爷。

在护理他们的过程中，我意识到如果能在更早的阶段养成健康的生活习惯，很多问题都是可以避免的。

比如"要预防牙周病，除了刷牙，还需要去除牙结石"。

这么简单的知识，却没有广泛普及。

外国已经出现了很多把保险和预防医学结合起来的服务。

例如，消费者如果接受过某种特定的检查，保险费就能打折。

只要用心设计这样的激励机制，实现全民健康快乐的社会就绝不是痴人说梦。

和其他发达国家相比，日本在预防医学方面相对落后。

正因为落后，这方面才有更大的发展机遇。

预防医学

宇宙开发

宇宙开发的问题在于成本

早在五十年前，人类就已经冲出了大气层。

为什么普通人还去不了宇宙？成本是唯一的拦路虎。

等民营企业掌握了宇宙开发的主导权，成本就会大幅下降。

使用卫星的业务正在逐步增加，发射超小型卫星并销售观测数据的公司已经诞生了。

发射卫星的火箭一旦普及，人们便会把视线投向离地球比较近的小行星。

据说小行星上有铁、镍、稀有金属等金属资源，蕴藏着无限商机。

今后的幸福指标

如今火遍全世界的社交网络服务 APP "Snapchat"就是靠情感共享迅速扩大了版图。创始人埃文·斯皮格尔也表示："快乐才是最重要的。"

在我看来，情感的共享将成为今后的幸福指标。

分享快乐、高兴、爽快等情感，会带来许许多多的认同者。一旦与认同者构筑起信赖关系，就能随时将之转化为财富。（详见第四章）

在那种情况下，就算你身无分文，小伙伴们也会伸出援手。

对照外国人的旅游模式，便知道旅游业的前景

看看外国人是怎么旅游的，就知道旅游业还是很有发展潜力的。

对日本人而言，旅游等于逛景点加吃饭。

但是在其他国家，这种毫无个性的旅行计划并没有市场。

例如，欧美人的曼谷游，往往有去当地烹饪班学做菜的环节，他们更重视不去那个地方就无法体验的经历。

看似小众的活动、别处无法获得的体验……提供这类体验的服务在今后会越来越受欢迎。

日本的旅游业还有一个问题，那就是针对富人的住宿设施非常少，所以海外的超级富豪都跑到亚洲其他国家去了。

即便房费高达每晚一百万日元，也一定会有游客光临，所以旅游业的从业者不妨把温泉、用本地高档食材做的餐食等元素融入住宿设施，把本地特色结合起来，吸引追求高品质的顾客关注。

落合的小提示：

要想在这一领域取得成功，艺术感受力与独特的价值观也是必不可少的。

操控 AI

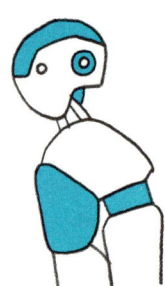

操控"连创造性都能模仿"的 AI

如果我们真的迎来了 AI 抢走人类饭碗的未来，那么为了满足社会系统的要求，和 AI 有关的工作一定会增加。换言之，能预测出包括 AI 在内的技术潮流将向哪个方向发展的人才在今后也会受到重用。

因为到了那个时候，人类是作为"替 AI 完成它们做不了的事的装置"被社会雇用的。

给大家举个具体的例子吧。比方说，关注和硬件打交道的工作是个不错的思路。

当 AI 能统计处理的东西随着深度学习技术的发展不断增加时，数据量会变得十分庞大，处理速度必然就跟不上了。

谁能研发出足以支持 AI 处理庞大数据的硬件（也许是量子计算机），谁就能掌握巨大的商机。

语音识别技术

人人都想要的系统会持续发展

Siri 等语音识别技术正在飞速进化。

因此设计以语音识别为中心的交互界面是一种发展前景很好的工作。

Google 的子公司 Google DeepMind 还写过关于读唇术的论文。

如果单凭嘴型就能知道一个人在说什么，即便不说出声，语音识别技术也能用上。

查找出行路线的时候，直接问"Hey，Siri，我在哪儿"，肯定比启动地图 APP 再输入地址快得多。

每个人都怕麻烦，谁都想用更方便的系统。

只要你足够敏感，能准确地捕捉到社会系统的需求，就不难推测出哪些工作会越来越受欢迎。

开拓新天地永远是人类的专利

堀江先生之前曾提到："早在五十年前，人类就已经冲出了大气层。"没错，开拓新天地永远是人类的专利。

截至目前，基于统计处理的优化过程还没有出现"我想做某事"这样的动机。只要给计算机一个目标，它便能以人类望尘莫及的速度与准确度完成任务。可惜计算机不会主动出击，总在等人类下达指令。

也就是说，人类的作用在于能怀着主观能动性工作，而"想如何改变人类社会""想实现什么目标"之类的动机永远都掌握在人类手中。计算机技术只是为实现理想服务的手段。这么一想，你就不会有被技术驱使的感觉，至少能把自己看成技术与人的生态圈的使用者。

正如堀江先生所说，工作不是被动承担的东西，而是需要我们去主动创造的东西。只要摆正心态，你就能牢牢把握住那些有前景的工作。

堀江的建议：向博尔特看齐

在各种岗位被 AI 取代的未来，怎样的人才最保值呢？

如果你还答不上来，那我就送你一句话——向博尔特看齐。在现实社会，能以多快的速度跑完一百米显然是一种毫无用处的技能。尤塞恩·博尔特从事的工作是"飞毛腿"。谁都模仿不来，可是对社会而言，这种工作并不是绝对必要的。然而，他的名字传遍了全世界，收入也很高。

只要给我一辆摩托车，我瞬间就能"跑"过他。那要是公平地比一场呢？除非重新活一次，否则我绝对赢不了。人们正是为这种不可替代性而痴狂，并从中看到了价值。

当然，博尔特有与生俱来的天赋，但他对奔跑应该也有满腔的热忱。

不可替代的价值要如何创造呢？我们反复强调过很多次了。翻来覆去就是这么两句话：

> 埋头于爱好，将爱好发展到极致，让它变成你的工作。
> 把若干个爱好组合起来，争当百万里挑一的人才。

耐心看到这里的读者应该对未来的生存战略有了一定的理解。一门心思栽进自己喜欢做的事情，就这么简单。

在下一章里，我们会重点探讨为什么人们愿意为不可替代的价值掏钱，到时候也会具体阐述金钱的本质与金钱这一概念将如何变迁。只有摸清了金钱的真面目，才能尽情享受人生百年时代。

1　有艺术属性的东西　通过人类的不断尝试日积月累形成的文化价值。

2　内容超越了时间与距离的结果　内容通过互联网打破了原本无法避免的时间制约与空间制约的结果。

第 4 章

金钱的未来

"Money" 属性的金钱走向消亡

进入信用创造价值的时代

金钱 = 信用

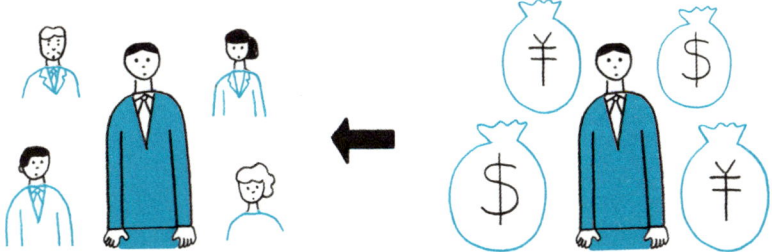

　　"金钱"正面临着一场巨大的变革。

　　它将从拥有货币形态的实物，转变为基于信用的虚拟货币与加密货币。

　　这场变革也会引发社会层面的变化。

　　那就先从金钱的本质说起吧。

回顾历史，剖析金钱的本质

在第二章和第三章中，我们具体阐述了社会的技术优化会如何改变各行各业。工作的概念变了，金钱的概念自然也会随之改变。在这一章中，我们将深入剖析金钱的本质，为大家讲解现行货币经济体系中有多少"无用功"。

在此之前，我想先回顾一下金钱的历史，聊一聊金钱是如何诞生的。都是在初中、高中的课堂里学过的东西，看着可能有点枯燥，不过要探讨金钱的本质意义，还是得从它的前世今生说起。

在金钱、契约与原始社会的规则诞生之前，信任他人就是跟自己过不去——天知道那个人会不会偷你的东西，或是干脆给你一闷棍。虽然以物易物是个可行的办法，但是在谈判与交换顺利完成之前，对方无时无刻不是怀疑的对象，万万相信不得。随随便便与他人搭话就更危险了。

而金钱的出现有效地打消了这种怀疑。什么意思呢？如果一个陌生人想要你的东西，他可以把钱拿出来，换取你的信任，进入谈判的阶段。于是，"金钱"便成了"价值的存在证明"。多亏了金钱，人类终于可以相互信任了。

金钱带来的信赖感让人们携起手来，加速建设繁荣发达的社会。总而言之，金钱原本是"信用"的证明。

为何看好虚拟货币

可现在呢？钱明明有富余，却没有流向它该去的地方（堀江先生稍后会就这一点做更深入的分析）。这正是很多人感觉不到生活变得富足的原因。

那么最近炒得火热的比特币等虚拟货币呢？这些虚拟货币系统创造了不同于传统资本主义市场的"衍生物"[1]，于是金钱就能以不同于"资本主义"的逻辑[2]流转了。

评价经济、共享经济等概念已经兴起一段时间，但是"跷跷板"另一头的"货币"迟迟没有跟上。直到最近，虚拟货币与加密货币迅速走进了人们的视野，跷跷板也终于动起来了。这也算是一种在分享信用与评价的同时运行的经济吧。

在二○一七年前后，一些手头宽裕的人察觉到了这股新的潮流，争相投资虚拟货币。在我个人看来，虚拟货币的发展潜力也许与互联网不相上下。

还要现金做什么

　　看到这里的读者们一定会意识到，物理货币属性的"金钱"并没有本质性的意义。法定货币的确与国家有非常紧密的联系，但大家不妨想一想：期货是不管怎样都能见到现货的，可法定货币呢？说到底，金钱不过是为交换价值服务的工具。货币之所以有价值，是因为"人人都相信货币有价值"。反过来说，只要能保障信用，不同于货币的（甚至能取代货币的）新经济指标当然有可能诞生。

　　今后，给物质属性的东西、肉眼可见的东西赋予货币价值的情况将逐步减少。从便携性与安全性[3]的角度看，这也是避无可避的发展趋势。人们将以"信用"为担保，进行价值的交换，而且是基于金钱的本质意义的价值交换。（在下一节中，堀江先生会通过中国的"芝麻信用"讲解信用为什么能转化为价值。）众筹就属于这种情况。所谓众筹，就是需要用钱的人通过网络平台集资。绘本作家西野亮广便通过众筹平台筹措了创作经费，完成绘本，知名度也随之越来越高。市面上还诞生了基于信用的比特币和其他虚拟货币。

又好比时间买卖平台 Timebank，是把个人拥有的本质性的时间价值转化成肉眼可见的数字。将个人价值比作股票，用数字加以呈现的 VALU，也能提供呈现出金钱本质的服务。

这些都是基于"信用"担保的创富机制，信用的潜台词是："投资给这个人，就能得到有益于我的信息。"

从今往后，只要你攒够了信用，就能随时以信用为担保赚取金钱。大家应该能切身感受到，这种理念已经慢慢普及开来。

堀江的建议：通过芝麻信用解读中国的先进性

大家听说过"芝麻信用"吗？它是中国的 IT 巨头阿里巴巴集团通过旗下的电子支付系统支付宝，以数字的形式客观呈现用户信用状况的服务。信用分越高，能享受到的服务就越多，比如更快的消费贷款审查速度、租房不用付押金等等。

而用户一旦做出不法行为（比如在店里偷东西），信用分就会下降。到时候，这个人就没有了"信用"。所以芝麻信用也有一定的防盗效果。这是一个通过技术推动社会优化的正面例子。

我认为日本也应该尽快引进这种类型的系统。然而，所谓的发达国家都有妨碍社会进步的阻力，比如说那些既得利益者。于是在惯性的驱使下，人们还是继续沿用老一套。不陷入相当严重的危机，惯性就绝不会消失。除非经历公司破产、大地震这个级别的"大危机"，否则这套机制怕是永远都不会改变。

要攒的不是钱，而是信用

首先，我建议大家改一改对金钱的看法。

常有人问我："怎么样才能赚大钱啊？""哪些股票和虚拟货币能升值？"

我会这么反问他们："你想通过赚大钱做点什么？"

如果对方回答"我就是想赚钱"，我会非常失望。

说到底，钱这个东西是为有理想的人存在的。只想攒钱的人就算攒了再多的钱，对全社会又有什么好处呢？

请大家好好思考一下这个问题。

而且做生意的本质不外乎"交换信用"这四个字，所以我们应该用心维护自己的人际关系网，确保关键时刻能有人帮你一把。与此同时，也要有意识地去开拓新的人际关系。

金钱原本不过是为交换信用或价值服务的工具，本身并没有价值。如果你有足够强大的人际关系，大家会互相分享自己拥有的东西，那么你就算是身无分文，也能活得很好。没钱下馆子又如何，只要攒够了信用，说不定就会有熟人请你吃饭。约上三五好友，分头准备便宜的食材一起做饭吃，不是也很愉快嘛。

创业资金短缺，银行又不肯借钱，怎么办？可以上社交网络平台筹款，也可以找亲朋好友借钱。我成立第一家公司的时候也只有几万日元的存款，剩下的都是找熟人凑的。现在还有众筹这条路可走。这么多办法摆在面前，如果你还是凑不够钱，那说明你缺的不是钱，而是信用。

所以别急着攒钱，信用才是我们应该攒的东西。有人找你帮忙，就竭尽全力去做，不要辜负人家的期望。朋友手头紧张，就请人家吃顿饭。日积月累，不怕攒不出信用来。

说到底，我们最需要的是信用，而不是金钱。

所以当你遇上"能用钱买到的信用"时，一定要使劲买，别心疼钱。落合也说过，他很喜欢自掏腰包请学生吃饭。这样的思维在今后是非常重要的。

前一阵子，我刚好跟几个朋友聊到了谁的存款最少这个话题。存款少得可怜的有钱人其实有很多。

关于金钱的误区

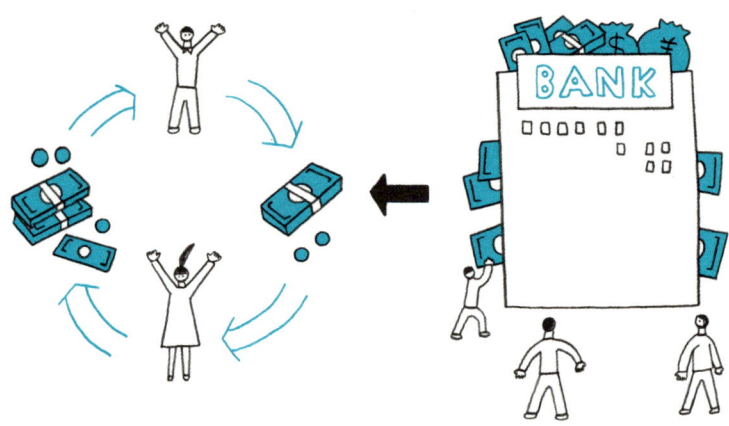

　　金钱的变化，必然会带来社会的变化。

　　站在社会的角度看，现金、房产与存款都有可能被划入低效的范畴。

　　以往"普通"的东西，也许将不再普通。

　　下面就与大家分享几个关于金钱的观点吧。

我们为什么不需要物质属性的金钱

信用的担保产生了价值，金钱随之诞生。在金钱的理想状态被不断优化的过程中，我们可以看出现行的货币经济体系有多么不合理。

例如，ATM 机是为了不必随身携带现金存在的，但很少有人对每次使用 ATM 机都要付手续费这件事抱有疑问。[*]

下面就让我们探讨一下属于基础货币，但无关货币供应量的虚拟货币吧。

在手机支付日益普及的今天，随身携带现金只能带来被盗的风险。从这个角度看，你就会充分意识到实体货币并不符合当今的社会需求。

确保 ATM 机里有足够的钱也很费事，毕竟硬币很重，还得确保机器的安全性，运营维护的成本非常高。而且据我所知，一日元硬币的生产成本其实不止一日元。

---

[*] 日本 ATM 机的免费使用时间和银行的营业时间一样短，节假日与深夜取款均须支付一定的手续费。

平时出门的时候，我只会随身携带一千五百日元左右的现金。因为带的现金越多，不小心弄丢钱包时付出的代价就越大。何必为了用现金冒如此之大的风险？在结账时，大多数情况下电子货币完全够用。

另外，日本人对刷卡的手续费十分敏感，却很少有人在乎ATM机的手续费。其实不分期付款的话，刷卡的手续费是由商家承担的，比你一趟趟找ATM机取现金合算多了。

可是很多日本人偏爱用现金，简直莫名其妙。为什么他们宁可掏现金使用税，就是手续费，也要用现金呢？说实话，我真的理解不了。

话说回来，我一贯认为ATM机是世上最厉害的自动装置之一。它能调取信用信息，能上网，防盗措施也做得非常到位，安全性没得说，而且吐钞票的时候几乎不会卡住，不得不说是一种结构极为复杂的自动装置。

然而，我们真的需要这么复杂的设备吗？直接刷Suica卡[*]，用电子货币支付，什么问题都解决了。

可是，日本人偏要为了一点也不安全的纸币生态圈[4]生产精密的设备，而且还是一出故障就会惹出大麻烦的设备，简直是本末倒置。

---

[*] 俗称西瓜卡，日本的一种乘车票证。

堀江的建议：在中国，连小摊贩都用二维码

中国正在向无现金社会大跨步迈进，二维码支付以燎原之势迅速普及。如今连小摊贩都用上了移动支付，跟前都摆着二维码的牌子。日本真是太落后了。

"有一千万就存起来"是七十多年前的思维方式

一趟趟跑 ATM 机取现金是挺傻的，不过存钱本来就是一种很荒唐的思维。瞧瞧二十世纪四十年代的日本，就知道储蓄存款是多么没有意义的行为了。

为什么当年的日本政府要鼓励民众存钱？因为在二战期间，"打倒奢侈"的思想笼罩了全国，直到今天，七十多年前的"美德"依然统治着人们的心智。

为了把全体国民的钱搜集起来支付高昂的军费，当时政府构筑起了邮政储蓄系统，把男女老少一网打尽。为了筹集国家发展所需要的运营资金，存钱被打造成了一种"美德"。人们必须清楚地认识到，在明治、昭和时期，"存款存得多就是幸福"的理念被加入了各种政治宣传。

今天的日本是一个"钱多到用不完"的国家。央行推行了负利率政策，同时加大了货币供给量，所以资金十分充裕。

但老百姓无法切身感受到这一点。为什么？没有合理分配多余资金的机制是主要原因之一。既然多出了这么多钱，就应该用来进行投资。

可是银行找不到有吸引力的投资项目，于是钱就只能躺在账户里。普通民众也没有充分理解七十多年前的"存钱美德论"的本质，想也不想就把钱存进银行，再把存折往柜子里一塞。久而久之，国家就没有办法让资金流动起来，只能不停地印钞票。

在这样的大环境下，人们一旦发现诱人的投资项目，便会有大量的资金集中到这种项目上，好像有人往气球里灌水，眼看着气球越来越鼓，随时都要炸开。就在这个时候，某种技术在气球上扎了个小洞，于是里面的水都从小洞里喷出来了。而扎破气球的那个人能一下子赚到许多钱。

然后就轮到赚了大钱的人为钱太多发愁了。他也没有地方花钱，只能做投资，可是一投资，钱更是随之增加。到时候，他就会意识到钱根本没有意义。因为他发现，只要掌握了"扎破气球的方法"，随时都能赚到钱，所以从本质上看，甚至可以说他是不需要钱的。

如今，许多有钱人和投资者都面临着钱太多的难题，所以只要有优秀的创意，他们就愿意投资。

不仅如此，我们现在还可以积极公开自己的点子，请"英雄所见略同"的"投资者"出资。众筹或沙龙等平台也为双方提供了合作的机会。

如果你是还没毕业的学生也无妨，没有任何身份的限制，让大家看到自己觉得好的创意，在今后会显得愈发重要。

"买房信仰"带来的负资产

好像有些跑题了，言归正传。其实"买房信仰"也是不折不扣的幻想。

在二战之前的大正时代与昭和时代初期，东京有九成以上的人是租房住的，"一定要买房子"并不是什么根深蒂固的传统思想。

在二战结束后，日本政府才开始倡导"买房信仰"，将它当作国民收入倍增计划的一个环节。所谓国民收入倍增计划，是池田勇人内阁施行的长期经济计划，它的逻辑非常简单：只要签下一单建房合同，就会有相应的建材与设备成交，木匠也能有钱赚，而这些钱会以生活费的形式被木匠花出去……于是资金就能快速流动起来。由于买地建房能在经济层面引发一系列的涟漪效应，房子成了促使资金高效流转的首选工具。如果消费者是贷款建房，那就更理想了，在流转的过程中不会出现一分一毫的盈余与浪费。久而久之，GDP 就能增长。所以政府和民营企业都拼命鼓动消费者买地建房。

问题是，在日本这个国家，房子会在完工的那一刹那变为负资产。在欧美国家，二手房也能卖出好价钱，不存在这个问题。但日本人的眼里只有新房，所以住宅会在消费者购买的那一瞬间贬值。比如说独门独院的房子，二十年房龄的二手房几乎分文不值，因此日本的住宅不能与资产画等号。它不仅不能生财，房屋的所有者还要交税，又没有丝毫的流动性，极有可能沦为负资产。

应该让多出来的钱流向需要的地方

我们交的税究竟有什么意义——有几个人思考过这个问题？

以往的税收制度有较强的义务属性，旨在向所有人征收税费，让资金回流到社会所需要的事情上。

如前所述，现在钱已经十分充裕。众筹和 VALU 等平台的火热也体现出只要人们有心，想筹集资金变得更容易了。照理说，无法筹集资金来开展必要的项目已经是很少见的情况。

在这样的大环境下，人们应该把用税款维持的事务控制在多大的范围内？社会所需要的事物究竟又是什么呢？

我一贯认为，日本政府应当从好削减的部分入手，慢慢缩小税款的覆盖范围。国防预算这种最难削减的先放着不管，交通局运营的地铁和公交，还有自来水……能通过民营化提升效率的公共事业有许多，何必让警察在街上检查违章停车呢，交给民营企业一点问题都没有。

顺着这套思路往下想，其实不少由日本政府机构运营的事业都可以削减。这样能省出不少预算来，把更多的税款用在需要资金的地方。

落合的建议：税款应当积极运用

顺着堀江先生提起的话题继续往下讲，其实我也对日本的税收制度抱有许多疑问。尤其是地方创生*预算的分配方法，简直是撒钱式预算的典型。明明应该由更多的人一起讨论税款的用途，可国会并没有发挥出应有的作用，进而无法做出正确的决策，引发了种种问题。日本有一项战略叫 COOL JAPAN[5]，并没有特指的地区，但它的实质却是"COOL TOKYO"。所谓地方创生，其实是通过人口过密产生的商业生态系统促进了地方城镇的创新发展，所以应不应该为它划拨预算还有待商榷。

从这个角度看，我十分怀疑日本民众缴纳的税费有没有被精准地用作公共服务的基础。应该把税款转化为企业与地方政府开发新服务的资金，不是胡乱撒点钱就万事大吉。真正该援助的，是有发展潜力的地方。

冲绳县和鹿儿岛县的奄美群岛有一种叫"模合"的制度，不知道大家有没有听说过？所谓"模合"，就是由若干人士或法人结成一个小组，各自缴纳三千到五千日元，建立一个"资金池"，以便日后相互扶助。办红白喜事急需用钱的时候，就从池子里取钱。

这才是税款应有的模样。我认为税款应该是一种从积极动机出发的"众筹"，或是具备一定的投资属性。

---

*安倍内阁提出的一系列政策，旨在扭转"东京一家独大"的局面，防止地方人口进一步减少，激发日本全国的活力。

以后该怎么跟金钱打交道

"信用"的运作方法

金钱与社会的变化趋势就讲到这里。

我们的生活方式，还有和金钱打交道的方法，都无法躲过变化的浪潮。

在一个基于"信用"的社会，如何使自身的"价值"变得"更容易交换"也是不容忽视的关键。

那就聊一聊以后要如何与"金钱"和"价值"打交道吧。

"借"与"存"是硬币的正反面

说起钱的流动，我一直觉得"借"和"存"其实很相似。乍一看，这两个动作是完全相反的，但它们有一个共同点，那就是借（存）方和被借（存）方的关系会在采取这一行为的过程中得到强化。

在做研究的过程中，我发起过好几次众筹。众筹看似是"对项目或作品产生共鸣的人出资援助"，其实发起者与出资者是各取所需的。

众筹的发起者要向出资者提供一定的回报。要想达到筹款目标，就不能用平时在店里买得到的东西回馈出资者，必须提供店里买不到的、有附加值的东西。随随便便就能买到的东西，或是只能让发起者自满的东西是无法打动出资者的。我搞众筹的时候，就回赠过"通过 Skype 和我聊一个小时的权利"。

具有附加值的回报能催生出牢固的关系与信任。从这个角度看，借与存就是硬币的正反面，本质上是一样的。换言之，唯有构筑信任，才能产生最大的价值。

别照着工资做规划

这个月发了这么点工资，那就拿出一部分用于日常开销，把剩下的存起来吧——如果你还在按照工资做规划，就很难认清金钱的本质。

关键在于让"金钱"和"价值"循环起来。

"让资金流转起来"如果能成为全社会努力的目标，"背债"就会变成很正常的事情。我反而纳闷，为什么人们不能把心态切换成积极运作借来的钱呢？总而言之，我们可以努力成为"随时都能借到钱的人"。

堀江的建议：学点会计常识

对借钱怀有抵触情绪的人不在少数。如果你也是，那我建议你把借钱这个行为放在"会计"的语境下想一想。

我始终觉得，即便身处 AI 时代，我们也需要掌握一点会计常识。只要看懂 BS 表和 PL 表*，就能在很大程度上认清社会的运行机制。

比方说，银行的 BS 表和普通公司的刚好相反。什么意思呢？在普通公司的 BS 表里，银行存款会出现在资产栏的上方。可是站在银行的角度看，存款就成了负债。

---

*资产负债表和损益表。

这么看来，哪个名目出现在哪一边，其实不是特别要紧的事。

说到底，借得到钱的人才是最强的。找到手里有钱的人，告诉他："你要是愿意把钱交给我，我就能帮你赚更多的钱。"然后再履行承诺就行了。

"没有就借"——能做到这一条的人最厉害。

堀江的建议：秋元康*先生组织的餐会完美诠释了双赢

我经常参加秋元康先生组织的餐会，而且每次都是他请客。我一分钱都不用掏，还能听他讲述自己的工作观和人生观，受益匪浅。类似的餐会已经办了好几十次，我每次都不由得感叹：世上还有比这更难得的机会吗？

对我来说，参加餐会的好处有很多。但我起初非常纳闷——秋元先生能从中获得什么好处呢？不过参加的次数多了，我便逐渐意识到，他是在通过我获取最新鲜的信息，表面上看是我在听他说，其实是他在接受我提供的咨询服务。

对参会者而言，餐会能带来许许多多的收获。毕竟到场的都是知名度与秋元先生不相上下的各界名流，听取他们的观点本就是难能可贵的机会。对秋元先生来说，餐会也是一笔不错的投资，他肯定也在和我交谈的过程中汲取了很多东西。

---

*秋元康，日本著名作词家与策划人。

所以我觉得秋元先生组织的餐会是双赢投资的典范。不难想象，他手里一定有大量的优质人脉，所以他身边总是聚集着一批高水平的人才，也难怪他能写出一首又一首销量突破百万的曲子。

可以学会利用"Polca"

大家听说过"Polca"吗？它是 CAMPFIRE 公司旗下的筹款平台。普通的众筹是面向广大网民的，但 Polca 是只有知道筹款链接的人才能出手援助。所以从严格意义上讲，它不是"众筹"，而是"友筹"。在日常生活中遇到需要筹集资金的情况（比如需要医药费疗伤、想给朋友买生日礼物、想跟家人一起出去玩等等），用户就能通过这个平台寻求亲朋好友的援助。

我在好几所大学开的课都需要在学期末展示作品。最近，我经常对学生说："你们可以通过 Polca 筹集办作品展的资金。"平时忙得不可开交的长辈们一看到如此纯真的学生，也许就会忍不住掏钱帮上一把。为了让自己的名字出现在学生作品展的赞助者名单里，有些手头宽裕的长辈也会随手转一两万日元给对方。我也不例外。这样比在西麻布的高档餐厅吃饭有意义五十倍、一百倍甚至一千倍。说不定学生还会送些啤酒来答谢你呢。我为什么这么有把握？因为我就是怀着这样的心态跟学生打交道的。

只要有人提出想在母校搞活动，就不怕找不到愿意赞助的人，只是我们原来没有相应的平台去操作这种事。这正是 Polca 的妙处。

什么东西能转化成"信用"与"价值"？

我在本章的开头提到，"信用"是可以转化成价值的。那什么东西能转化成"信用"，进而升华为"价值"呢？下面就让我们具体探讨一下这个问题。

比如说"知名度"就能毫不费力地转化为信用（即价值）。过人的能力或技能也能转换成价值。另外，"预测未来的服务，即调查研究"也有价值。而且上面提到的这些都能成为吸引资金的要素。

许多看似无法直接转换为金钱价值的事物也会在今后逐渐转型为经济活动。放眼未来，我们不能再把模式固定、明示价格（时薪多少元）的工作往自己身上套了，而是要用更多的时间孕育自己独有的价值与信用。随着 VALU、Timebank 等平台的流行，这种观念在最近逐渐普及开来，确实是好事一桩。

争做装满可交换价值的罐头

就像前面说的，"信用"能转化为价值，而"信用"涵盖了知名度、能力、调查能力等多方面的要素。接下来，我想在"价值"方面与大家进行更深入的探讨。

在探讨"价值"的时候，有一个视角是非常重要的，那就是可交换性。我们得认清自身的能力或作品能不能用来交换，摸透自己呈现给他人的"价值"。

比方说，你不能用自己的健康去替换他人的健康，所以健康没有可交换性。同理，跑得快也是无法交换的能力。但你拥有的戒指是可交换的，你打造的创意作品也有可交换性。而肉眼看不见的技能（也就是自己能做的事）也有可交换的价值。所以我建议大家多做自己喜欢的事，不断扩充自身的技能，把自己变成装满了资本价值的"价值罐头"。

你很难用无法交换的价值打动别人。反过来说，可以交换能和有价值画等号。哪些是能交换的东西，哪些是不能交换的？能否有意识地认清两者之间的区别，在未来显得十分重要，这一点离不开长时间的积累与历练。

人人皆市场的世界

我有 VALU 的账号。VALU 是用来做什么的呢？首先，它会根据你在脸书或推特等平台的粉丝数目判定你的个人价值，计算出你的"市值"。然后系统会根据这个数字，派发细分过的虚拟股票"VA"。用户可以拿着这些股票"上市"，在 VALU 平台进行买卖。粉丝购买虚拟股票的钱，就成了这个人的活动资金。不过 VA 只能用比特币买。而且你买再多的 VA，都没有左右发行者人生的决议权。

目前大约有八亿日元的资金围绕着我的 VALU 流转。一个"市场"就这样在我名下诞生了，这件事十分有趣。请注意，这些钱并不是进我腰包的"销售额"，而是通过买卖我发行的东西产生的"交易额"。VALU 和众筹的区别，在于不需要立刻准备针对投资者的回报。假如我觉得自己在数年后能成长为业绩更加出众的人才，那就可以展望未来，把 VA 的价格设得高一些。换句话说，你能以信用号召大家投资，而且这种投资也包含着"给现在的我加油"的潜台词。

每个人像这样把自己能提供的价值摆在台面上，而认可这些价值的人会购买相应的 VA。于是，以个人为单位的市场遍地开花。与以往的股市不同的是，购买 VA 的人并不靠买卖股票赚取利润，而是像期货交易一样，享受发行人的能力、知识与服务，获取价值。因此在 VALU 上市的人必须有"信用"，才能吸引他人购买自身的能力与知识。

当然，只要有足够的信用，就算发行人不是名人，他的 VALU 往往也会成为交易的对象。感兴趣的人不妨注册个 VALU 账户试试看，一定能深入理解信用的重要性。要是这个平台催生出一个"人人皆市场"的世界，那就太有意思了。

1 "衍生物" 意为虽然在资本主义市场中诞生，但是与货币有着本质层面的不同。

2 不同于"资本主义"的逻辑 虽为资本主义，却去中心化，因此形成的独特逻辑。

3 便携性与安全性 比起随身携带钱包，能用手机 APP 等工具管理的电子货币具有转账便捷的优势，能在物理层面有效减少被盗的风险。

4 纸币生态圈 指"用现金结算的经济圈"。使用现金的缺点主要有以下三条：①如果彻底废除现金，负利率政策将更有效地发挥作用。②现金是一种低效的结算手段，因此在日本之外的许多国家，通过支票完成的银行转账、各类银行卡与非接触结算方式已经作为取代现金的高效结算手段普及开来。③现金具有匿名性，可能成为逃税、洗钱等犯罪行为的价值储藏手段。

5 COOL JAPAN 指日本特有的文化在海外受到高度评价的现象，或通过日本文化开展的对外战略的名称。此处的 COOL 有"潇洒""棒""帅"等意思。

第 5 章

关于日本的幸福与社会

探讨学校、老龄化社会与科技的未来

"欧美"是个架空的概念，要找到属于日本的"幸福"

日本人太崇洋媚外了。"欧美人说什么都是对的，欧美国家是乌托邦。"在我看来，这样的观念简直错得太离谱。

真要说起来，"欧美化"这个概念本来就有问题。因为欧洲跟美国其实有很大的差别。因此日本人挂在嘴边的"欧美化"不过是把美国和欧洲的精华拼拼凑凑得来的抽象概念。看看日本人是怎么做研究的就知道了，大学是欧式的，资金的获取方式却想搞成美式的，不出问题才怪了。

以欧美为目标宣扬"幸福论"也是徒劳。长此以往，日本人永远也过不上幸福的日子。个人和社会之类的专有名词也是在明治时代模仿欧美国家发明出来的东西[1]，恐怕并不适合日本人。

还不如穿越回江户时代，反而能找到更契合日本人的幸福。江户时代的日本有很多百姓。其实"百姓"[2]这个词的原意是"做一百种工作的人"。当时社会上活跃着大量的"企划屋"（相当于今天的制作人），各种职业百花齐放。

不与他人分工合作，而是一个人完成许许多多工作，主动创造工作——当年的制作人大展拳脚，形形色色的职业接连诞生。

我总觉得，江户时代的社会面貌倒是与未来的时代印象不谋而合。

而明治时代推行的种种举措就很不适合日本人。在莫名其妙的"欧美化"概念的指引下，人们从英国、德国、美国引进了一大堆东西。所以日本的宪法以英美法系为基础，刑法与民法却照搬法国和德国的法律，有浓重的大陆法色彩[3]，东拼西凑，简直乱七八糟。

"幸福"与"个人"都不是源自日本的概念

古希腊的语言体系中，第一人称、第二人称和第三人称的"幸福"是各不相同的，如今却混为一谈。

其实站在"个人"[4]的角度看，"幸福"这一观念恐怕是不存在的。因为"个人"是一八六〇年以后诞生的概念，只有一百六十多年的历史。

顺便一提，爱迪生发明留声机是一八七七年的事情，当时美国已经有专利法了。那同一时期的日本人在干什么呢？他们在模仿欧美国家，拼命进口词汇，创造词汇。在这个过程中，日本人大概做了不少画蛇添足的事。

现代化的确需要推进。但在现代化几乎已画上句号的今天，勉强自己追求"欧美化"未免太荒唐了。

日本人讨厌"平等"？

为什么说欧美式社会不适合日本呢？原因之一是我感觉基于"自然契约论"[5]、崇尚人人平等的思想，恐怕并不符合日本人的观念。

给大家举个例子吧。大家都希望大冈越前[*]能公平断案，却没有人盼着他实现"平等"。人们的确看重公平性，但好像不认为所有权利都是人人平等的，这就相当棘手了。也许日本人并不想要一个"每个人自己做决定"的社会。

公平（Fair）与平等是两个完全不同的概念。从这个角度看，日本人从来就没有实现过"平等"。

一个社会只要足够公平，人们就能安居乐业。勉强植入"平等"，反而会产生矛盾。况且日本一开始就没能引进西方的个人主义观念，谈再多的平等和幸福，也是自相矛盾，全盘崩塌。

堀江的建议：把Equality（平等）改成Dream（梦想），就会形成金字塔结构

在日本当今少子化的大背景下，最近的孩子都有六个钱包撑腰。

爸爸妈妈，外加两边的老人，刚好是六个。为了帮孩子实现自我，这六个钱包会源源不断地提供资金。

---

[*] 即大冈忠相，江户中期的大名，官职为越前守。他担任町奉行时辅佐八代将军德川吉宗推动享保改革，以心系黎民、刚正不阿著称，更是法眼如炬的著名判官。

比方说，著名组合 EXILE 的运营公司 LDH 开办了面向孩子的舞蹈学校。表现突出的学员有机会正式出道，所以人气十分火爆。

其实 EXILE 的成员个个都是超人，不是谁都能跳成他们那样。孩子们应该会在上课的过程中意识到自己绝不可能成为一流的舞蹈家。但是据我所知，掏钱送孙子上学的爷爷会在这个时候鼓励道："别放弃啊，再加把劲。"坚决让孩子继续练下去。好不容易拿到一个汇报演出的小角色，全家人也会激动得哇哇叫，更舍不得放弃了。

这套机制的厉害之处在于，虽然不是人人都能成为职业舞蹈家，但舞蹈学校精心设计的金字塔结构使每个学生都能在某种程度上实现自我。

LDH 的理念不是"自由、平等、博爱"，而是"Love、Dream、Happiness"（爱、梦想、幸福）。把平等换成 Dream（梦想），金字塔结构就成型了。

学校与教育的未来

接下来想跟大家聊一聊日本的社会，先从教育说起吧。

在社会日新月异的当下，学校里教的东西真能派上用场吗？

这种问题已经有无数人问过了。

让我们深入分析一下这个问题吧。

学校也许将退出历史舞台

在今天的日本社会，六岁到十八岁的孩子们需要耗费大量的时间上学接受教育。可我觉得他们实在有点悲惨，因为他们不得不活在听起来像真的一样的谎言中——"接受义务教育和上高中都是理所当然的"。

继续接受老式教育是大人强加给他们的义务。然而与此同时，社会系统正在飞速变化。日本的孩子们不得不白白浪费九年甚至是十五年的时间，学一些"有时候根本没必要学的东西"。

作为一个参与大学运营的人，无力改变现行的教育制度让我深感愧疚。日本全国统一高考的填空题和"创造价值"没有一分一毫的关系，根本毫无意义。

我在去年迎来了自己的三十岁生日。在我上学的时候，学历还是有意义的。还记得当年只要手握名校的毕业证书，就有可能进一家还不错的公司。但是自二〇一〇年以来，企业的招聘制度在各方面出现了变化。然而招考入学制度，以及其背后的教育制度还在原地踏步。

如果一个孩子能在初中或高中阶段脱离现行的教育体系，就能充分理解真实的社会结构。对某些人而言，这种做法更有利于长远发展。可是一旦选择这条路，就意味着他必须告别同龄的朋友，这也可能是一种机会损失。

从这个角度看，决定不上学会带来巨大的痛苦。所以到头来，大家还是乖乖上学，就像是有人逼着他们白白浪费十年时间一样。

要是学校再给学生灌输"拿工资最要紧""要跟别人一样"之类的观念，那就太可悲了。

我为什么不想送孩子去幼儿园

我的孩子还很小，但我是真的不想送他上幼儿园。因为在某些情况下，上幼儿园对他今后的人生或许是一大损失（当然，也有不少例外）。就像前面说的，老式教育已经和快速发展的社会脱节，会让人错失大展拳脚的机会。说实话，我总觉得把孩子送进"一刀切"的幼儿园无异于欺骗孩子，因为很少有幼儿园能教授孩子真正需要的社会性。

等孩子到了上小学的年纪，问题就更棘手了。如果家长不让孩子去上学，就会触犯宪法。也就是说，在日本现行的教育制度下，人们没有"不上学"的选择权，这一点着实叫人费解。

干吗非把孩子绑在学校不可呢？只需要一部智能手机，就能请优秀的老师一对一指导。站在教学计划的角度回顾历史，我们便会发现，古代王公贵族的教育是通过家庭教师完成的。找研究生当家教当然没问题，有各种特长的人也在纷纷登录 C2C 服务平台，出售自己的时间，跟着他们学习也不错，说不定花销跟送孩子去天价补习班差不多。

堀江的建议：和同龄的孩子待在一起是毫无意义的

三十多年前，我还是个小学生，但那时的我总觉得自己是在浪费时间。因为我意识到，只和同龄人打交道的时间是毫无意义的。

从跨进小学校门的那一天起，你会和同龄人朝夕相处六年，甚至是九年。这一旦变成"理所当然"的状态，你就很难摆脱这种思维了。

到了不惑之年，我渐渐发现，周围的同龄人变得无聊了。因为人一旦上了年纪，就会被长年积累的人脉与经验束缚住手脚，不再有勇气面对新的刺激。到时候，你就会失去持续革新自我的灵活性。

眼看着新生代快速成长起来，你却抓着落后于时代的关系不放，坐以待毙……你不觉得这样的人生太不自由了吗？

常有人问我："堀江先生，您为什么每天都要跟各种各样的人吃饭？"因为我觉得这样很有意思，就这么简单。和有趣的人共度有趣的时光，创意可以在这样的机缘巧合下诞生，衍生出新的事业与新的娱乐方式……

一旦对新鲜事物失去兴趣，十来岁的少年人也会暮气沉沉。而如果能不断追求新的刺激，年过花甲的人照样也可以朝气蓬勃。

况且老跟同龄人待在一起，等你真的上了年纪，就很难和年轻人打成一片了。"朋友都不在了，连个说话的人都没有"——我可不想过这样的日子。

教育无偿化会让日本远离全球化社会

我毕竟也是一名教育工作者，所以想借此机会，站在教育从业者的角度提出三点建议。

在第一章里，堀江先生介绍了他创办的网上沙龙，我觉得"用一万日元会费筛选会员"是个好主意，我自己也是这么做的。觉得一万日元很昂贵的人会自觉地离开，只有觉得物超所值的人才会留下来。

也就是说，这个沙龙包括个人在内的方方面面都受到了市场经济原理的影响，处于一个非常理想的状态。从这个角度看，认为不值得耗费成本（时间、金钱两方面的成本）重返大学的人倒是很适合参加这类沙龙。

从受益者负担的观点出发，日本政府高举教育无偿化的方针就很成问题了。还记得政府宣布要让低保家庭的孩子免费上大学与专科学校的时候，堀江先生的一条推特遭到了网民的强烈抨击。他是这么写的："政府在浪费纳税人的钱给现有的大学体系续命。"可我觉得大多数网民误会了他的意思。

我是筑波大学的老师。我们学校一年的学费大约是六十万日元，相当于每月五万日元。所以，我们也可以说，筑波大学拉了一道"标价为五万日元的过滤网"。

于是学生与学校之间构筑起了这样的关系——学生每月支付五万日元，换取"筑波大学的学生"这个身份。学生是一种很有价值的身份。每月只需要五万日元就能保障自身的信用，还是很划得来的。

然而，教育一旦无偿化，学生的身份就要贬值了。已经踏上社会的人明明是可以回炉重造的啊。政府要是觉得，只要让大家在念完高中以后都姑且上个大学，大学就不会倒闭了，那可就大错特错。因为让市场原理作用于社会的方方面面，只留下真正有价值的大学，肯定对日本更好。

堀江先生不是要跟低保家庭过不去。"应该让市场保持健康的状态"才是他想要表达的意思。

顺便再补充一下，他说这句话的前提是优秀的学生已经能靠奖学金上大学了。

在欧美国家，给优秀学生减免学费再正常不过，甚至有大学反过来给学生发"工资"的情况。他们就是这样培养有助于提升国力的人才，打造以大学为中心的高等教育人才生态圈。

教育与人才生态圈的全球化正在加速发展。长此以往下去的话，日本一定会远远落在后面。

让顶级专家监考，是浪费他们的经济价值

我毕竟是大学老师，有时需要去入学考试的考场监考。考试期间，我必须一直站着，手机根本没信号，工作就更干不成了。

什么也不让做，当然是怕吓到考生。那我倒要问了，派我这种经常在媒体上露脸的人去监考，对双方都没有什么好处，不是吗？可惜在国立大学这般古板的机构，这样的意见是很难被采纳的。在我看来，这也是学校运营制度的不合理之处。

打一开始就该把我分配到幕后岗位（比如出题），做做助理监督员也成，但是这类决策很难根据每位专家学者的实际情况随机调整。国立大学是没法搞特殊的。

浪费我的时间也就罢了，还健在的诺贝尔物理学奖得主中，有一半人要在每年的一二月把好几天时间贡献出来用于监考。这是在白白浪费他们的经济价值，就不能想想办法吗？不改变这样的现状，日本的大学永远都无法进步。

基于"LIFE SHIFT"模型的政策是无用功

从"回炉重造"的观点出发，政府刚举办的"人生百年时代构想会议"也得打个问号。有关部门貌似想参考英国经济学家琳达·格拉顿的著作《Life Shift——百年时代的人生战略》制定政策，可是欧美国家的社会系统与日本有着本质性的不同，在现阶段参

考欧美国家的情况恐怕毫无意义。

格拉顿在书中提议："人们应该随着社会的变化持续学习。"在积累一定的社会经验以后重返校园也是她列举的学习方法之一。问题是，她的观点真的适合日本吗？答案恐怕是 NO。

在西方社会，"工作"本来就不在"学术"的延长线上。欧美的大学是宽进严出，所以能毕业的人都不会差到哪儿去。毕业生进入企业之后，还要经过一段时间的试用，才算是真正踏入社会。

而日本的大学已经沦落到了以吃喝玩乐为目的的地步。身为一名大学教师，我心里着实不是滋味。所谓的"学习"被挪到了年轻人踏上社会的第一年或第二年。企业自己动手，通过应届生培训、在岗教育等方式"承包"了教育机构的职能。由此可见，欧美与日本的社会系统有着本质性的差异。

无视这些背景，却倡导重回校园、回炉重造，那就真的走偏了。在我看来，现有的日本高校基本都是研究机构，而不是人才培养机构。换句话说，学生能在大学里学到在研究社群中需要的东西，却无法掌握踏入社会之后所需要的能力。

老龄化社会的未来

今后，日本的人口将逐渐减少。

进而产生劳动力不足、养老金短缺等各种各样的社会问题。

不过随着"机械化"[6]、"预防医学"等方面的发展，大多数难题都能迎刃而解。

下面就让我们聊一聊如何应对超级老龄化社会的到来。

超级老龄化社会也能靠"机械化"克服

日本正在朝超级老龄化社会发展。之前提及的劳动力不足现象，正是摆在日本人面前的一大难题。该怎么应对？解决方法之一是通过科技增加劳动力。针对缺人的行业，我们可以一鼓作气施加"无人化"带来的进化压，以达到提升效率、推进机械化的目的。本书已经围绕"无人化"进行了诸多的探讨，在这里就不再赘述了。

另一个解决方法是利用受益者的性质与技术进行改良。"人机融合"走的就是这条路。老人家腿脚不方便怎么办？配一台能自动驾驶的轮椅，想去哪儿都不成问题。视力变差了怎么办？就戴上有自动调节功能的高性能眼镜，诸如此类。

这类技术最终会发展为近似于动力外骨骼装置的形态，而且全套设备的尺寸应该会跟人体差不多。到时候，我们就能佩戴着与四肢或人体其他部位相仿的机械过日子了。新产品刚上市的时候，价格可能会比较贵，但经济充裕的人可以先用起来，然后再慢慢普及，走进千家万户。

当然，医学也会继续进步。运用信息科学，通过技术复原身体功能等方法[7]想必也会成为未来的选项。

等科技发展到这个地步，我们便能借助工学手法减少需要护理的人，老年人也有可能和年轻人从事一样的工作。也就是说，机械化不单能解决老龄化问题最严重的部分，还创造了一批新的劳动力。

再比如养老金问题，根据日本财务省的估算，二〇二五年日本养老金的供养比将达到一点八比一。但我之前也说过，如果科技能让更多的老人生活自理，年龄就不再是问题。全社会将形成一套互帮互助的机制，这也是一种共享经济思维。

很多人把"接纳移民"定位为少子高龄化的对策之一，但是考虑到日本人倾向于把自己不愿意干的工作推给移民，我很难从人道角度赞同这样的人力资源政策。就算移民能暂时拉高 GDP，从长期来看，生产率也极有可能下降。

既然如此，国家还不如投入更多的资源大力发展机械化领域，而不是引进移民。

堀江的建议：在人生百年时代，"怎么活"显得更重要

正如落合所说，移民绝不是确保劳动力的有效选项，因为日本这个国家的吸引力已经很低了。

面对即将到来的老龄化社会，预防医学的重要性不言而喻。

尤其是如何延长健康寿命，应该会成为人类必须攻克的关键课题。

也许有朝一日，我们可以通过技术的进化，彻底消灭疾病与衰老造成的死亡（意外伤亡当然另当别论）。

到了那个时候，"怎么活"的重要性一定会比现在更加突出。

科技的未来

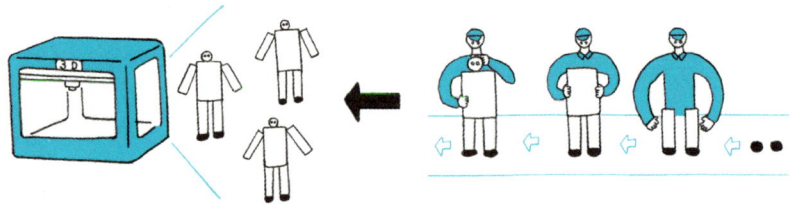

在本章的最后，让我们把视线投向科技的未来，简单聊上几句。

其实这也是今后避无可避的焦点话题。

AI 和机器人都还在进化的过程中，进一步的创新不可或缺。

不喜欢技术话题的朋友最好也能了解一下这些新概念。

网络是如何在短短二十年里改变了世界

互联网为何能在短短二十年里让全世界改头换面？原因之一在于"开放式创新"。

开放式创新，简单来说就是一种全新的许可授权概念。它打破了公司与国家的界线，让每一个人都能自由使用他人编写的程序。拜其所赐，工程师们得以重新利用过去编写的程序，促使互联网上的应用程序实现指数级进化。

在开放式创新的世界，经验与知识一旦形成体系，就不容易丢失。人们总能以过去的经验为基础，写出更好的程序，不至于朝水平低于现在的开发环境发展。也就是说，大家写的程序越多，数码空间就变得越方便，而它的世界观也会随着新程序的出现不断更新。

而现在的职业能否升级换代，正取决于物质世界能否像网络世界一样实现开放式创新。

比如，专家们正在加紧研究，希望能借助深度学习或其他统计学手法，让机器人自动分析人类长久以来不成文的经验法则，学习处理事情。如此一来，机器人说不定能在不久的未来以毫不逊色于人类的质量完成任务。也许随着日积月累的学习，机器人甚至能以远远超过人类的效率工作。但我们不能过度自信，因为上面描述的未来并不在现在的硬件与软件[8]的延长线上，更高层次的技术创新[9]势在必行。

截至二〇一八年，AI 技术还远远没到成熟的地步。刚才提到的远大目标也只完成了不到百分之一。为了让 AI 更好地为人类服务，我们还需要对它们进行"人工"调整。

以自动驾驶技术为例，很多人觉得这项技术已经很成熟了，但无法按人类的节奏停车或发动，容易造成晕车等问题一直没有得到解决。不过在二〇一七年十一月，Uber 开发了一项新技术，可以根据自动驾驶车辆的传感器捕捉到的数据，给予乘客恰到好处的刺激，防止晕车。经过人工调整，AI 变得更加"贴心"。

AI 需要更加敏感地捕捉到各种不协调的地方，再由人类出手调整，"推"它一把——只有这样，AI 才能成为全人类用起来都顺手的工具。

再说回开放式创新的话题。由人类检查 AI 的运行，一旦出现反常现象，就由人类进行整改，然后反馈给 AI。开放这样的"反馈环"[10]程序，即"错误→轨道修正→错误……"的源代码，让全世界的人一起来培养 AI，包括 AI 在内的生态圈一定能以高于现在的速度进化发展。学术社群已经行动起来了，随着民众信息素养[*]

---

[*] 在信息社会中获取信息、利用信息、正确评价信息等方面的修养与能力。

的不断提升，其他行业的更新速度也必然会上升。

用机器人打印机器人！

为了用科技解决所有问题，我把视线投向了印刷电子学[*]领域。印刷电子学研究的是像打印纸张那样用 3D 打印机"打印"自动设备的技术。

能用 3D 打印机制造 3D 打印机——在构思未来社会的时候，这种思路非常重要。以后的机器人不需要人工制造，直接用生产设备制造就行了。计算机图形学、材料科学与机器人工学领域都在进行这方面的研究。

美国的波士顿动力公司在印刷电子学领域取得了令人瞩目的成果。手边有手机的读者可以搜索一下相关视频看看。他们制造的人形机器人能像活生生的人那样完成后空翻，整套动作行云流水，还有动作十分逼真的四肢爬行仿生机器人，很有意思。

一般来说，机器人的液压传动装置、气缸等零件和骨架是分别生产的，最后再组装到一起，就像装配铲车似的。但是用这种方法的话，骨架、箱体和配线就全是零零散散的部件，成本很高不说，部件的强度也不统一，组装时进行的焊接也有可能影响部件的强度。

---

[*] 利用传统的印刷技术制造电子器件与系统的科学技术。

不过近几年，波士顿动力公司开发出了用 3D 打印机一次性生产骨架与液压传动装置的技术，显著减少了组装的总作业时间与部件数量，同时大幅提升了强度与运动层面的限制。说白了就是，他们可以通过 3D 打印机把电脑里的设计稿直接打印成机器人。

在这类技术与自动设计技术深度融合的未来，创造机器人的就不再是人了。机器人通过软件生产机器人的世界一定会成真。

要想紧跟社会系统的变化，硬件思维是远远不够的。因为这种思维旨在创造只对部分人群产生强大吸引力的"哆啦 A 梦"与"阿童木"[11]。我们需要的不是追求独一无二的"硬件思维"[12]，而是基于"软件思维"[13]量产没有个性的通用型设备，一个接一个地"打印"机器人。

然而，如今的计算机研发流程偏偏缺少这种思维。如果大家能抛开为独一无二的阿童木痴狂的少年时代，日本的科技一定会加速进步，等待着我们的也一定是优化到极致的未来，可惜……

堀江的建议：无效时间越来越少的社会

再聊点贴近日常生活的话题吧。

我有很多很多想做的事情，所以最怕浪费时间，每分每秒都想充分利用起来。最好能提高时间的利用率，挤出时间来做自己想做的事。如果时间能用钱买，我肯定会毫不吝啬地掏钱。

走在街头，常有热心路人跟我搭话："您发的每一条推特我都会看的。""您的书很有意思。""一起拍张照吧。"……当事人也许是一片好意，但我得花一两分钟的时间去应付。而只要有十秒钟，就能看完一条新闻了。当然，大家对我的肯定，我是很感激的，可要是大家在推特上跟我搭话，我就能通过"转发"道谢了，只需要三秒钟足矣。

花在路上的时间就更可惜了。我一贯认为，与其自己开车，还不如干脆打车，这样就能坐在车里用手机处理工作。

要是能把路上的时间用在自己喜欢做的事情上，就一点问题都没有了。刚才落合指出了自动驾驶技术的缺陷，不过随着人类对这项技术的不断改良，说不定有朝一日，汽车也能联网，到时候车厢就成了会移动的工作室。

都说 AI 会抢走人类的饭碗，但它们也能帮助人类创造工作时间。亚马逊、ZOZOTOWN 等电商平台的"猜你喜欢"（商品推荐）功能就属于这种情况。

系统会根据购买记录自动挑选出用户可能想要的商品，显著减少了用户在购买之前做无用功的时间。随着 AI 的发展，一定会有更强大的商品推荐功能上线。

1　个人和社会之类的专有名词也是在明治时代模仿欧美国家发明出来的东西　在全面推进现代化，力求富国强兵的明治时代，日本诞生了大量以西方词语为基础的新词。在这个过程中，人们需要翻译原来在日本并不存在的概念，因此出现了意思被错译，词语本身却沿用至今的情况。

2　"百姓"　原指"在以农耕为主的社会中从事一百种各不相同的琐碎工作"。在现代日本主要用于武士与"町民（城镇居民）及农民"的对立语境中，町民与农民包括了各行各业的人，即"百姓"。

3　日本的宪法以英美法系为基础，刑法与民法却照搬法国和德国的法律，有浓重的大陆法色彩　日本的刑法与刑法学受德国刑法的影响，但一九八〇年发布的旧民法基于法国的民法典。"大日本帝国宪法"为德式，但是在驻日盟军总司令部的指导下颁布的日本宪法大体为美式。

4　"个人"　组成国家、社会或某个集体的每个人。

5　"自然契约论"　米歇尔·塞尔在"社会契约面前人人平等"这一思想的基础上提出的人与自然的契约。根据米歇尔的观点，"自然契约"指人与自然交换的契约。

6　"机械化"　不单指自动化，同时也包括AI等软件领域逐渐渗透等变化。

7　运用信息科学，通过技术复原身体功能等方法　在恢复身体功能时使用信息科学的方法，如隐形眼镜、义肢等。

8　硬件与软件　有形的硬件与无形的系统或方法。相对于有形的物质（HW），软件指代无形的、为驱动硬件（有形之物）服务的广义方法论，包括设计、市场营销等方面。

9　技术创新　令技术进化瞬间加速、具有突破意义的技术改革，即所谓的"技术突破"。

10　"反馈环"　在某一机构中，通过将问题结果反馈至问题的来源方，对来源方进行调整，并重复这一过程，以增强结果。

11　只对部分人群产生强大吸引力的"哆啦Ａ梦"与"阿童木"　只对某个特定人群产生效果的独特机器人。

12　"硬件思维"　打造富有个性、生产成本高、只覆盖部分人群而非所有人的东西的思维。

13　"软件思维"　大量生产没有物质形态、适合量产的东西的思维。

第 6 章

让纯粹的热情
指引你"活出自己"

AI 时代，需要重新定义人生层面的幸福

用于风险对冲的"副业"毫无意义

在这本书里，我们不厌其烦地强调：时代已经变了。互联网已经普及，每个人都用上了智能手机，我们的生活已经变得非常便利。而此时此刻，AI 正在抢夺人类的饭碗。大家应该及时察觉到，类似的社会变化来得比我们想象中更快。

人类几乎不可能预测五年后的未来是什么模样。把时钟拨回十年前，又有谁能预想到边走边用手机上网的未来呢？反正我是完全没想到。这个时代，"预测未来，早做准备"已经没有任何意义了。就算你跑遍全世界，也找不到一个能猜中未来的人。

每次聊起这方面的话题，都会有人冒出搞副业的念头，免得自己日后生活无以为继。但我只有一句话："搞副业太落伍了。"为什么这么说呢？我会条理清晰地解释给大家听，免得造成误会。

副业本来就是和主业（本职工作）对应的概念。而我从主业加副业的构图中体味到了强烈的"风险对冲"意味。

以身兼两职为目标的人大多把主业定位为用来糊口的生计，同时把副业定义为真正想投入的毕生事业。可我就是不能理解，为什么他们不用自己真正想做的工作充实人生呢？

他们一定会找这样的借口——"我得养活一家老小啊。""爱好固然重要，可面子也不能丢。""我不敢迈出那一步。"……不好意思，我可不觉得抱着这种随随便便的态度搞的"副业"能有多高的质量，甚至不由得想："他们的副业里根本就没有纯粹的热情与社会使命感。"又有谁会为这样的事业摇旗呐喊呢？

不被主业与副业绊住手脚，只为使命而活

许多人抱着必须给自己留条后路的想法，死死抓着主业不放。在我眼里，这样耍小聪明无异于欺瞒，是在巧妙地逃避。

有一位运动员却在认真对待主业的同时，朝着自己的使命大步迈进，丝毫不为批判他的言论所动。他就是曾经效力于墨尔本帕丘卡足球俱乐部的本田圭佑。

他既是现役职业球员，又开办了索迪洛青少年足球学校，更是 SV 霍恩足球俱乐部的老板。

运动员开居酒屋，被用心险恶的投资基金骗走巨款的例子还真不少，但本田是真的把投资当成主业在做。

身兼运动员与经营者这两种身份，意味着他时刻背负着必须拿出成绩的压力。要是比赛成绩下滑了，舆论肯定会说："还不是

因为开公司分心了。"不难想象，他在还未退役的时候便投身商界一定引来了不少批判的声音，因为身体是运动员的本钱，日积月累的疲劳和训练时间的减少有可能影响他的比赛表现。

但他偏偏挑了这条难走的路，着实值得称赞。因为他不顾风险，全心全意挑战自己喜欢的事。我能从他身上感觉到纯粹的热情与社会使命感。而且他想做的事业有着常人无法想象的格局。本田圭佑真是个了不起的人物。

不要只等待潮流，要自己创造浪潮

常有学生对我说："我没有想做的事。"说实话，如果你总抱着这样的态度，未来的路怕是会非常难走。基于统计处理的机器人工学以极低的成本和远超人类的效率完成各项工作的时代已经近在眼前。不，我们甚至可以说这样的时代已经拉开帷幕。我们压根儿就没有对未来悲观的闲工夫，一分一秒都没有。

留给我们的未来生存战略，就是"去统计数据之外冒险"[1]。要么负责机器无法完成的工作，与机器巧妙合作，免得被定性为需要削减的成本。要么熟练操控机器，在这个基础上抢别人的饭碗。除此之外别无他法。

到了机器代替人劳动的时代，我们就有了更多可以自由支配的时间。而如何运用这些时间正是决定生死存亡的关键。为什么？用大家熟悉的话来表达的话，就是"时代更迭的速度变快了"[2]。

谁都能做的工作自不用说，连看似不可替代的工作都会被 AI 抢走。在这样的未来，打磨自身的创造力与个性当然会成为创造工作机会的关键。

为了判断未来

我非常喜欢思想家理查德·巴克敏斯特·富勒的名言:"如果能充分解放自己的时间,将它用于更有效的探索性投资,你的财富一定会增长。"这句话告诉我们,未来是向所有人开放的,为了判断针对"未来"的套利[3]时机,我们必须时刻思考自己接下来应该做什么。

无论你是科学家、撰稿人还是创作者,都得先动手做做看,否则就不知道自己输出的作品有多大的价值。总而言之,在当下的这一瞬间,未来的价值对所有人而言都是一样的,但投资最终能否成功,取决于每个人对价值的判断。浪潮是等不来的,只有能一边掀起浪潮,一边创新的人才有价值,道理就是这么简单。

要掀起浪潮,就必须用到媒体与人。当然,遵从以往"理所当然的规则"的人不可能成为弄潮儿。必须一次性地同时推进多项事务,否则就无法改变这个世界。我经常在网络上说的"拿出你的本性"也隐含着这方面的潜台词。我们要超越传统的人类本性能做到的一切。

不过真的做了不同于本职工作的事,难免会招来指责,就像堀江先生刚才介绍过的本田圭佑选手。我上个电视之类的,也会有人批评我:"别疏忽本职工作,好好做你的研究。"但光做研究是无法改变社会的,而且我到时候也会被 AI 取代啊。艺术性的思维还是很有必要的。

告别"从一而终的美学"吧，也丢掉"不能广撒网"的幻想。我们有互联网，也有 AI。机器能做的事情就交给机器去做，用稻草富翁的法子[4]积累只有人类才能发挥的价值，而这样的投资组合就能创造出艺术。

当你冒了"不专注于一件事"的风险之后，要做的事必然会变多。到了这个阶段，大刀阔斧地削减可以交给机器完成的事情就显得非常重要。不光要发挥领导力与调度[5]能力，有时还要发挥追随力，帮助那些在开拓新天地的人。"不同年龄或时代的人轮流挑大梁"的价值观很有必要。

"工作即生活的时代"的生存战略

二十一世纪是工作即生活的时代

随着互联网与通信基础设施的普及，社会与全世界的关系变得愈发紧密，而这也意味着"工作与生活的平衡"这个概念已土崩瓦解。

举个例子吧，如今只要有一台电脑，随时随地都能工作。不像别人一样朝九晚五地上班，照样可以活下去。

从早到晚埋头做一件事，说不清这件事到底是工作还是爱好，却能赚到钱——这样的人也越来越多。说不定大家身边也有用介于爱好与工作之间的事换取报酬的人。

由此可见，工作与生活的关系已经完全不"平衡"了。从今往后，唯有这样的人可以幸存——他们不管在工作中还是在工作之外，都能持续产出独具个性的人生价值，实践"工作即生活"的理念，因为风险便是效益。

届时，人类的生活方式将分化成两种模式。模式之一就是在

第一章提过的"蓝海思维",这群人会持续创造计算机无法企及的价值,推动时代的发展。模式之二则是被平台吸收,把责任与生存战略托付给计算机。下面就让我们分别分析一下这两种模式。

未来的两种生存模式

蓝海思维的基本方针可以总结成一句话:做与众不同的事。未来的主旋律是人对计算机,而非人对人。在同一个战场中,对数据进行同样的统计处理的前提下,人类绝不可能战胜机器。所谓竞争就是分出胜负,而定义胜负离不开决胜的因素。一旦确定了决胜因素,机器就能根据数据进行计算,所以优势明显。

以将棋为例。将棋的决胜因素就是让对方的王无处可逃。只要搞清楚怎样算赢,AI 就能所向披靡。因为它能掌握包围王的上万种方法,并根据场上的局面瞬间做出判断,人类不可能战胜它。将棋 AI "Ponanza"仅用七十一手就打败了"名人"＊佐藤天彦。这个例子充分体现出,机器的信息处理速度把人类远远地甩在了后头。

然而,在没确定要干什么的情况下,人类还是有胜算的。因为计算机没有"我想做某件事"这样的动机。带着明确的目的,在计算机无法插足,也没有别人感兴趣的利基领域勇往直前,就

＊将棋棋士的头衔,只有在"名人战"中获胜才能获得。

能实现"单点突破"。毕竟难以依靠统计手法判断的风险与危险的模式还有许许多多[6]。

那么把责任与生存战略托付给计算机的模式呢？对照汽车共享服务"Uber"的运营机制就很好理解了，Uber 的司机不就是把战略（怎样拉到乘客？）和责任（服务最终由谁负责？如何运作这项服务？）交给了计算机（Uber 平台）吗？他们只需要按照计算机的指示把乘客送到目的地，就能赚到钱。

这两种模式并没有高低优劣之分，只是按各自的能力分工罢了。好比我把管理日程的工作全部交给了计算机，它让我去哪儿我就去哪儿。但是在做研究的时候，所有的责任与战略都是我自己负责。

也就是说，我们得在战略层面"有收有放"[7]。日常生活靠电脑，工作按蓝海思维的人肯定也是存在的。有几个养育孩子时注重方法的创新，但工作的时候听电脑安排的人也没问题啊。

我们不一定要把蓝海思维运用在生活的方方面面，也不一定非得过把所有责任与战略统统交给机器的生活。世界不是非黑即白，而是张弛有度的。希望大家能深刻理解这一点，并放手实践。

玩乐、工作与学习三位一体的活法

落合所说的蓝海思维，其实就是我在第三章提到的"争做玩乐专家"。

我正在享受将玩乐、工作与学习同化的三位一体型人生。在这三件事之间画等号，就意味着不在它们之间划界线。人生中所有行动都可以诠释为其中一种。

如果你觉得玩乐听起来有点复杂，不妨把它替换成"自己感兴趣或为之着迷的事情"。

总而言之，只要执着追求自认为有趣的事，在这个过程中让自己变得与众不同，你的兴趣爱好总有一天会变成工作。听上去可能有些难以置信，但你感兴趣的东西、让你无法自拔的东西、让你如痴如狂的东西真的能变成你的事业。我把这种状态定义为"玩到极致的人生"。

只要专注于利基领域，别往大众市场挤，竞争对手肯定不会太多，差异化也更容易实现。不必担心利基市场会不会不够大，互联网的出现已经让这个世界"小"到了极点。即便是利基市场，分母终究是全世界，市场规模还是相当可观的，遍地都是机遇。

"没有工作的世界"一定会到来。不要低估了利基市场的潜力，在这个市场中扎根，一点点积累，正是未来的生存秘诀。再小的成就也能带来自信，推动你挑战更新鲜、更有趣的高峰。

别给自己打预防针，相信心中的指南针

无论大环境如何变迁，只要你掌握着别人没有的知识或技能，就有需要你的地方。可以像本田选手那样擅长踢球，比谁都擅长操控无人机当然也没问题。

人们总会被拥有自己没有的优秀技能的人吸引。瞧瞧全世界是如何为跑得比谁都快的博尔特痴狂的，你就能理解其中的奥妙。

可惜很多人至今仍把资格证视作评判技能的标尺，误以为手里的资格证就是"技能"。

诚然，资格证能成为茶余饭后的谈资，但大多数人考的资格证根本没有实现技能层面的差异化。忙活半天，还是很难勾起别人的兴趣。

所以我们根本没必要拘泥于头衔或资格证之类的玩意儿。还是那句话，一门心思挑战你爱做的事吧。比起什么都会一点的"通才"，在某方面有明显优势的人显然更有魅力。

举个例子吧，我觉得成天打游戏的孩子是很有潜力的。你想想，像猴子一样沉迷于某件事的经历，一辈子能有几回？我上初中和

高中的时候，就是个不折不扣的专业编程迷。那些年，我把所有的时间都用在了编程上。由于成绩直线下降，父母一气之下把电脑扔了，我却立刻把它从垃圾桶里捡了回来。

想当年，像我这样一头栽进电脑的孩子大概找不到第二个了吧。那段经历有没有把我变成一个没教养的人？显然没有。之所以能考上东京大学，走上创业之路，在太空火箭研发、预防医学等专业性极强的领域做生意，都是因为我在"专业编程迷"时代打下了坚实的基础。

足以取代"专业迷"的人才可不好找。能沉迷于某件事的人，都是打着灯笼也难找的优秀人才。

千万别当"抄经爱好者"

以政府机关业务为首的行政和文书类工作基本都和抄经差不多。每次去窗口办事，都得翻来覆去填好几遍姓名和住址——这都是能复制粘贴的东西，只要绑定某些社交媒体平台，或是扫描一下二维码，不就能瞬间完成吗？

直到今天，我在大学报销时还要以预算负责人的身份在每张发票上签名，每周都得花一两个小时做无用功。也就是说，一年下来要浪费三到六天的时间签名。这样的工作不是抄经，还能是什么？

不过有毅力也爱抄经的人的确是存在的。小时候抄多少遍字都不觉得痛苦的人就属于这种类型吧。要我说，抄经就跟智能手机上的社交游戏和弹珠游戏一样，都戒不掉，行为本身也没有多大的意义。

想让大脑彻底放松的时候，我会玩"勇者斗恶龙"，专门对付史莱姆*。基本上跟躺下休息没有区别。顺便一提，我也很爱玩"俄

＊游戏"勇者斗恶龙"中的反派角色。

罗斯方块"和"噗呦噗呦"。

据说培养保育员的专科学校会让实习生手写一千五百字的报告。这样培养劳动者韧性与抄经能力的思想，只会催生出新的低效行为。

堀江的建议：寻找能全情投入，又能让别人高兴的事情

既然都需要全情投入，那就把时间花在能得到正面评价的事情上，别把人生浪费在"抄经"上了。

就像铁人三项赛，完赛不光能带来精神层面的满足感，还能赢得亲朋好友的称赞，令人心情愉悦，而且能顺便减减肥。我最近很迷的磨肉*也是如此。磨的人开心，看的人也开心。把处理好的肉炸一下做成三明治，简直好吃得不得了。

落合平时也是玩游戏的，要是有人咨询有关游戏的问题，他绝对能答得上来。既然要做，就得投入到能与他人分享、能发展成一项事业的地步。

现如今，把经验分享和展示给别人，或是把自己的爱好变成工作的机制已经愈发成熟了。反正无论怎样都是要全情投入的，当然应该往这个方向努力。

---

* 切除多余的油脂与筋，将肉处理干净的技术。

别做规格统一的货品，要为个性振臂高呼

工作与玩乐的分界线已经开始模糊

话说二十多年前，我去面包工厂做过一晚上的小时工，负责分拣商品。坦率地说，我无法通过那份工作感受到丝毫的乐趣，而且报酬也只有一万日元而已，所以我再也没有尝试第二次。

回顾过去，我们不难发现"提高工业效率"是十九到二十世纪的关键词。尤其是工厂的各项作业，成了机械化迅速推进的主战场。我能在面包工厂干活，必然是因为比起引进自动化设备，找人来做的性价比更高。

然而进入二十一世纪以后，IT技术不断进化。渐渐地，人类不必再做无趣的工作。能高效实现机械化的领域也在增加。人们已经能在某种程度上选择自己感兴趣的领域了。

如今，用劳动换取报酬已不再是获取金钱的唯一手段。正如我们在第四章探讨过的那样，通过 Polca 筹款、上平台众筹都不是什么新鲜事了。于是"金钱"的相对价值便会逐渐下降。金钱会

不断涌向手握有趣创意的人。工作与玩乐的分界线已经成了摆设。

"我是个尼特族*女孩，准备挑战人生中的第一次铁人三项赛，请大家为我加油。"——在我们的HIU，有人靠这样一句话筹到了十五万日元。还有个正在进行的太空开发项目，项目组以火箭发射钮的操作权进行众筹，开价一千万日元，居然真的有人一时冲动买了。要我说，靠自己想做的事、自己觉得开心的事赚钱，也是一种了不起的工作。

别抓着糊口的廉价工作不放

去年畅销全球的书《人类简史》中有这样一句话——"不是人类征服驯化了谷物，而是谷物征服驯化了人类"。我觉得这句话说得妙极了。在第二章里，落合也提到了"人类本是狩猎民族"。当时的人类一定很享受打猎的过程。

然而，人类开启了农耕时代。无论你愿不愿意，都得为了生存耕田，于是人类从个人模式逐渐切换到了集体模式，以家庭为活动单位，而且不得不长期扎根于一家人赖以生存的土地，最终失去选择居住地区与工作的自由。

可是工业革命带来了自动化的浪潮。在很多情况下，人们应该已经没有必要为生存而工作了。

---

*指不升学也不进修的年轻人族群。

即便如此，还是有很多人对回报低廉的工作怨声载道，却心不甘情不愿地干着。我真是百思不得其解。

说真的，只要世上还有人为了糊口抓着廉价工作不放，一天天地熬日子，劳动力价格就绝不会上升。

为什么呢？因为大家都觉得工资太低，一走了之的话，用工方就不得不涨工资招人了。只要在辞职期间接一些 C2C 的工作，就不至于揭不开锅，可偏偏有很多人咬紧牙关，在回报低廉的岗位上苦熬。不要再被"理应如此"的幻想白白绊住手脚了。

至于具体该怎么办，我们已经在第一章讨论过。让工资高，能力也强的人多多工作，多多赚钱，没能力的人就拿着政府发放的钱，干点自己喜欢的事情——这也许是让未来的日本社会变得更美好的不二法门。

为自己积攒价值资本

在序章里，我们参考牛津大学副教授迈克尔·奥斯本发表的论文《就业的未来：就业岗位在计算机化面前有多脆弱》，探讨了今后有可能消失的工作。但这样的文章仅仅是泛泛而谈，大家不必放在心上。工作又不是只有一种，今后的工作方式更是多种多样。再说，也许未来真的会像堀江先生所说，"不工作也能活得很好"。做自己喜欢的事情，把这份经历转变成价值——这样的思维方式才更有艺术家气质[8]。

我也从事着许多种工作，但每一种都跟我的兴趣爱好差不多。在接触自己感兴趣的、喜欢做的事的过程中，你会积攒越来越多的价值资本。技能层面的不足是可以靠科技弥补的，所以我们并不需要在每个方面都掌握专家级的技能。

九年的光阴会迅速变得不值钱的时代

我们已经没必要惧怕与众不同了。恰恰相反，跟别人一样才是如假包换的竞争。在同样的战场上拼死厮杀的红海战略*不适合即将到来的新时代。当然，资金杠杆 9 能够有效攻略红海，一旦成为寡头，便能坐享巨大的利益，不过人们对这种做法带来的风险还是褒贬不一。

挣脱恐惧的束缚吧。"幸福的婚礼"几乎跟宗教没什么区别。"大家都是这么办的，所以看起来挺不错"，这种话不过是洗脑而已。没有比翻着结婚信息杂志《Zexy》嫉妒别人的生活更无聊的事了。

我办过一个面向青少年的工作坊，传授如何使用简易物联网设备进行电子制作、机器学习的相关知识以及软件的编制方法。学员大概不到二十人，平均年龄在十五岁左右。放在五年前，这可是二十四岁的学生在硕士论文里研究的课题。然而在短短二十四小时后，全班都掌握了硬件与软件的搭建技巧，没有一个人掉队。也就是说，对那一年二十四岁的人而言，九年的时间在一瞬间迅速贬值。

今时今日，我们已经有了一个可以通过互联网迅速学习、复制别人做过的事的大环境。就算你拼命学习，掌握了具有特殊性的技能，也会立刻被他人模仿。除非不断吸纳最新技术，否则就无法将特殊性转化成自己的武器。资格证就更不用说了，一定会沦为几乎毫无意义的头衔。我们必须清楚地认识到，计算机加快了技能的货品化，而且货品化的速度全然不同于以往。

---

*红海战略是与蓝海战略相对的称呼，即面对竞争随需应变。红海是成熟市场，风险低，但竞争激烈。

质问思维停滞的社会

我想对那些忧心未来的年轻人说，找三个能发展成工作的爱好吧。借用堀江先生的说法，就是争做"玩乐"专家。不过"玩乐"听起来简单，做起来却很难。改成在工作中实践你的爱好吧，听上去可能有些复杂，比较难懂。这也是我挂在嘴边的"艺术造就的复杂性"[10]。

那就让我们稍稍切换一下思路，找找看能发展成工作的爱好。正如堀江先生反复强调的那样，只要埋头于自己爱做的事，这件事就能变成你的事业。而且到了那个时候，你一定成了业界无人不知无人不晓的名人。坐拥三项有如此水准的爱好，你的地位就不可撼动了，不是吗？人们也绝不会对你视而不见，一定会有崇拜你的追随者。那时的你，应该已经成了无法被任何人替代的差异化人才。

随着时间的推移，原本多样化的社会日趋标准化——我们可以用这句话概括今天的日本。在一个标准化的世界里，人们只需要按照既定规则行事就行了。所以大家都在不知不觉中向社会创造的"人类社会性"理所当然地靠拢，陷入了思维停滞的状态。

棘手的是，"正常"统治着今天的日本。总有人摆出一副什么都知道的样子，煞有介事地说："那样才正常呀。"可事实果真如此吗？这句话里的"正常"，显然是说话人认知体系里的正常。

在这个被"常识"与"理所当然"填满的世界，要想让自己与众不同，就必须质疑工业革命之后、互联网登场之前的常态，一遍遍地询问"为什么"。要时刻思考我们在本书的开头抛出的问题——"普通到底是什么？"换言之，我们绝不能被某种陈旧而顽固的价值标准左右，必须牢牢把握与时俱进的感觉，在这个过程中让自己的美学逐渐成熟。对现在的我而言，要培养的美学就是自然、侘寂、数码自然、影像与物质[11]。

如何养成自己开动脑筋的习惯

万事开头难。没有人从一开始就能做到胸有成竹。可是你如果什么都不做，心中的焦虑又怎么可能消失呢？你自己得先行动起来，尽可能地多接触各种各样的信息，而且我们手头有的是可以借助的工具。

不需要找老师教，主动出击，把资讯牢牢抓在手里。觉得某个人很有意思，想听听他的观点，那就上社交媒体平台搜一搜相关信息，关于那个人的信息很快就能出现在眼前，不费吹灰之力。利用智能手机上的新闻 APP 也是个好办法。我们的双手可以随时碰触到全世界的聪明人发布的"最前沿的资讯"。

不过光"搜集"还不够。从今往后，我们不仅要搜集信息，还得养成主动开动脑筋思考的习惯。

推特、脸书、Youtube、博客……选哪个平台无所谓，每天坚持发布自己的观点就行了。只需要做这么简单的一件事，就能把资讯有机串联起来，将自己的思维锻炼得愈发强大。

评论中难免会出现批判与中伤，千万别被这些鸡毛蒜皮的小事分了神。我也经常遭到网友的抨击，但他们的评论能让我学到很多，有时甚至能带来撰写新书的灵感。

其实大多网友第二天就不记得自己批判过别人了。被这样的评论牵着鼻子走，岂不是很傻？

不管三七二十一，认准现在的自己

"能不能成功啊……""失败的概率有多少呢……"要我说，还没动手就为这些烦恼的人，怕是永远都无法付诸行动。不动手试试，谁知道事情能不能办成？

况且在我看来，做自己想做的事并取得成功的人，压根儿不会考虑什么风险。而有点小聪明却没有魄力的人呢？满脑子都想着失败了怎么办，到头来还是不敢冒风险。先考虑可行性，畏畏缩缩不敢前进的人没有意识到，"不冒险"才是最大的风险。既然有机会，就别胡思乱想，要争做"第一个吃螃蟹的人"。

我可不是纸上谈兵。这些年来，我一直很相信自己的直觉，而且始终为基于直觉的价值判断负责。无论结果如何，都不会归咎于他人。如果真有什么因素提升了我的判断力，那一定是不断重复这个过程。

常有年轻人问我："我们老了以后还能不能拿到养老金？""日本以后会变成什么样子？"我只会给他们三个字——不知道。

因为问题本身是错的。你该问的不是未来，而是你自己。你想追求什么？你想做什么？你应该把握当下，认真思考怎样的活法能给自己带来幸福。"我喜欢这个。""我想做这一行。"……你要相信这种感觉，照着这种感觉来判断，坚定地走下去。就算结果不尽如人意，也不要把责任推卸给别人。

也不要惧怕价值的波动，变化反而是常态。每时每刻更新自己的判断才是正道。只要有如此坚定的决心，就不需要去预测未来，认准现在的自己就对了。

"卡位"＊刻不容缓

不知道该干什么？那就先从晚饭入手

能根据实际经验发表观点的人会所向披靡。如果一个人的人生哲学、做过的事和正在做的事是相连相通的，他自己也一定很享受这样的活法。下一步就是能不能打造出吸引追随者的美学了。

如果你一直不知道自己在干什么，总也说不出自己想干什么，今后的路怕是会相当难走，因为你的思维建立在"普遍"与"常识"上。

我之前也提到过，老有学生跟我说："我不知道自己想干什么。"遇到这种情况，我一般会建议："那就先决定今天要吃什么当晚饭吧。"听到"你今晚想吃什么"，第一反应是"唔……吃啥呢……"，然后还要沉默二十来分钟的人，也许真的不太适合在这个时代生存。要摆脱这种状态，必须反复练习。

＊原为篮球比赛术语，现指在市场中精准地判断有效落点，并抢先于对手占据有利位置，从而在竞争中找准位置，一举赢得市场。

一听到"你现在想干什么",就能立刻列举出十多件事（小事也可以），这才是最理想的状态。如果能迅速付诸实践的话，那就更好了。

比方说，你冒出"今天想吃烤肉"的念头以后，就要立刻琢磨"去哪儿吃","约谁吃","我身上没钱，能找到愿意请客的人吗","我身上有钱，我想请谁吃"……还得立刻掏出手机联系别人，把事情敲定。我觉得堀江先生平时肯定是这么安排饭局的。

为什么许多人丧失了果断的决策能力？这与目前的教育制度和工业社会价值观脱不开关系。在工业社会中，一直用同样规格的东西，一直吃同样的食品，别抱有太多的疑问反而是更高效的做法。

食其家*的东西是挺好吃的，苹果公司产品的质量也的确不错，可是不动脑的日子过久了，大家的决策能力就被剥夺殆尽了。

话说我最近坐了一次新干线。上车前，我一时心血来潮，买了十份电车便当，在车上一字排开。当然，我一口气吃不了这么多，是准备带回家慢慢吃的。把便当全部打开一看，我居然有点小小的感动。因为这些便当的包装各不相同，里面的东西却几乎一样。既有生鸡蛋又有牛肉的，就是"寿喜锅便当"。有鸡蛋烧和牛肉炖蔬菜的，就是"幕内便当**"。

---

*日本连锁餐饮品牌。

**江户时代，剧场幕间休息时吃的便当，所以称为幕内便当。它是将四季的食材做成量小而丰富的菜，拼在饭盒内。

换句话说，在工业社会，完全相同的东西只要换个包装，便能摇身一变，成为不一样的食物。

软糖也是如此。每家厂商用的香料和原材料几乎相同，只是换了个模具。说到底，在工业社会生产出来的东西，充其量不过是同一组拼图的若干种排列组合，人们却误以为自己吃的是不一样的东西，产生了在做选择的错觉。

长久置身于这样的社会，也难怪大家会彻底丧失决策能力。但本能会告诉我们，这样的生活是毫无意义的。学校提供的学生营养餐也不取决于个人的意愿，现在可不是天天跑去学校吃这种东西的时候。

工业社会一旦土崩瓦解，各种标准化服务都无法照常运转，肯定会有很多人因此蒙受损失。可这样总比做不了决策的人越来越多要好，所以我认为这是必要的损失。不过，实际上应该会在平台经济与定制化之间有折衷之选。

堀江的建议：**进化版刨冰教你如何"创新"**

人们平时吃的"定食"也都是工业化的产物。星期一的午饭永远是用块状调料炖的，比如咖喱或奶油炖菜。星期二吃这个，星期三吃那个……

每天都有固定的套路，不等开饭就能预测出来。一旦习惯了这样的日常生活，想不丧失决策能力都难。

最典型的例子就是海之家＊的刨冰了。蓝色夏威夷，蜜瓜……名字起得挺好听，其实都是一个味道，只是颜色不一样罢了。

不过有人看准了这一点，做出了"不一样的刨冰"，在刨冰界掀起了一股革新旋风。

这种刨冰，水和糖浆的味道跟传统刨冰差不多，唯一的不同点在于冰的温度。只要做好温度控制，刨冰的颗粒就会从"硬邦邦"进化成"软绵绵"。

就在最近，连唯一没有进化过的糖浆都经历了一场革新。有人把真正的蜜糖用在了刨冰中，再加入黄豆粉、水果糖浆等配料，做出了更加美味的刨冰。

创新就是这样产生的。

堀江的建议：便利店的"仿制零食"预示着逐渐融合的未来

创新者能在简简单单的刨冰上大做文章，孕育出了一轮又一轮的创新。能掀起革新大潮的人和其他人之间的差距一定会越拉越大。

不过发展到最后，能掀起创新的人也会渐渐消失。

近年来，便利店推出了各种各样的自有品牌零食，有模仿萩之月＊＊的，也有模仿枫叶豆包的。

＊海滨浴场旁提供餐饮、休憩、泳具贩卖等服务的店家。
＊＊仙台的名牌糕点。

医药领域有"仿制药"，成分与原本研制出的新药相同，但价格更便宜。这和便利店制造自有品牌零食是一样的套路。

如今的便利店货架上摆放着形形色色的"仿制零食"。"这东西原来叫'椰子饼干'"，"原来在粗点心店有卖的"……便利店仿制了无数经典产品，装进自家的包装袋推出市场。

其实在网络世界，这种现象早已屡见不鲜。只要公开源代码，用某种语言写成的代码便会被转化为其他语言，谁都能随意使用。同样的趋势也出现在了现实世界。热卖的零食会迅速成为被复制的对象，被转译为"7-11语""罗森语"和"全家语"，以更低廉的价格与消费者见面。

这就是现在的时代潮流。在以开放式创新为前提的世界，一切都会被仿制，盈利空间会越来越小。发展到最后，大公司一定会借助规模效应压低价格，导致产品和服务与"白送"没有太大的区别。

当年的109品牌[*]也不例外。模特与服装店店员出身的策划人把巴黎时装周的创意借鉴过来，稍作调整，以比原产品更快的速度推出，受到了消费者的追捧。然而，ZARA等快时尚品牌发现了其中的商机，依靠雄厚的资金实力加快了整个循环，使109品牌遭受了毁灭性的打击。

---

[*] 发源于涩谷109大楼的时尚品牌。

艺术思维让生活更精彩

富有原创性的东西不是通用机器的排列组合就能创造出来的。把寻常的内容和寻常的媒体捆绑在一起，也无法让人心动。"已知"与"已知"的交融，也不可能超出"已知"的范畴。

真正有艺术思维的人不一定会创造能直接产生利益的东西，他们的创造也不是用现成的东西拼凑出来的。

为了不被工业化世界的逻辑框住，我们需要更自由的艺术思维。在我看来，坚持站在这样的视角上，才是享受生活的秘诀。

奇点来了，赶紧卡位

社会的发展速度越快，机器就会以越快的速度占据一席之地。正因如此，我们才需要趁现在卡位，否则这辈子都无法站稳脚跟。问题并不在于能不能幸存下去。是卡位还是融合，才是摆在我们眼前的终极课题。

卡位所需的成本正在飞速上涨。二〇一七年以后，比特币的价格一路飙升。同样的现象正在全社会的方方面面出现。斗胆说一句容易被误会的话，这种价值与功能的突然飙升不正是所谓的"奇点"[12]吗？也就是说，此时不出手，就再也没机会出手了。

不抓紧时间在两三年里采取行动，日后怕是会追悔莫及。

感兴趣的事情要大胆尝试。实在没什么想做的，就从决定今晚吃什么开始。这可不是说着玩的，得从身边的小事入手。

堀江的建议：融入社会毫不费力，你还会付诸行动吗？

落合在上一节中极力强调"卡位"的必要性。他的每一句话都很在理，可是说到底，我们唯一能做的就是努力过好现在的每一天。

大多数人不会主动决定每天要干什么，只靠着惯性过日子。这恐怕是这个社会的常态。比如说在演讲的时候，我经常建议台下的听众："今天不妨换条路回家试试看。""今天别坐电车了，改为走路吧。"别看这都是微不足道的小事，真正能付诸实践的人又有多少呢？但你要是不做，就永远不可能变得与众不同，只能继续和大多数人在一个狭小的位置上推推搡搡。

纵观当今社会，我总觉得世人变得越来越像《黑客帝国》里的史密斯了。人人都用着带苹果图标的笔记本电脑和手机，哪儿来的原创性？

既然如此，那么融为一体、逐渐消失好像就是高度发达的智慧生命体的结局。创新的飞跃必须由怪人来引领，然而所有的怪人也会被吸收殆尽。吸收与消费的速度将呈现出指数级增长，而AI会进一步加快这个进程。在终点迎接我们的将是"幸福的集权主义"，宇宙的时间也将画上句号。

所以我们才需要从自身的差异化做起，让今天的自己不同于昨天的自己。关键在于能否立刻付诸行动。

不过"成为史密斯"的活法不一定是错的，这一点也请大家放在心上。融入社会终归是轻松的。生活成本每一年都在下降，各种娱乐方式的价格也越来越低廉，走这条路也不错。

要不要融合？

自己拿主意，然后再付诸行动就对了。

干劲左右着人的价值

随着科技的不断进步，我们很有可能迎来靠计算机弥补自身能力不足的那一天：没有脚的人将装上拥有最新功能的假肢；盲人能靠声音感知空间；聋人能看到自动浮现的字幕；要是能搭建出弥补大脑机能的系统，连痴呆症说不定都能治好。运用科技的目的，正是维系人类生活方式的多样性。

届时岂不是会形成"能力上的差别就等于经验差别"的局面？既然差距因为人们的种种经历而产生，那么有没有"想干什么"的动力，便成了决定一个人是否有价值的关键。

在把干劲落实为价值的过程中，发挥重要作用的元素有语言表达能力、逻辑能力、思考能力、以全球七十亿人为对手的意识、经济意识、世界由人主宰的意识和专业性。专业性无关领域的大小。再小的"非我不可"的事情，也足以成为被他人需要的理由。我们要及时卡位，高声呼唤独一无二的"个性"价值。

最后送上 IBM 创始人托马斯·约翰·沃森的名言：

做一个主张摇摆不定的思想家，让自己的观点暴露在争论的威胁之下。要直言不讳，不惧怕"怪人"的标签，只有顺从才会背负骂名。为自己重视的问题站起来，勇敢地面对一切艰难困苦吧。

堀江的建议：别回顾过去，别期许未来

"面对属下的背叛和亲信的出卖，您心里是不是很难受？""您恨不恨他们？"……

常有人这么问我。他们大概是觉得，我的人生充满了跌宕起伏，栽过太多太多的跟头。

我的确经历过风风雨雨，但是把坏事统统忘掉是我的一贯宗旨，因为追悔过去没有一丁点好处。

挑战也许最终会失败。不过这句话也可以反过来说——不大胆挑战，就不可能成功。

失败了又如何？可以总结经验，采取对策，不要重蹈覆辙就行了。仔细想想下次该怎么办，想通了不妨喝点酒睡一觉，以崭新的面貌迎接新的一天。再反复暗示自己，今后的挑战"一定能成功"。

做生意有一条最基本的成功秘诀，就是坚持不懈地做下去，

直到成功的那一天。市场原理看似存在，其实不然，尝试一百次总能成功的。

小学课本里的德政令*也很有参考价值。这项制度说白了就是把债务一笔勾销。从金融层面看，它也是非常合理的，因为能清零就等于可以挑战无数次。我觉得，与它有异曲同工之妙的正是现代的"个人破产制度"。

曾几何时，挑战总是伴随着各种各样的障碍，比如家世、学历、资产、才能、人脉、经验、资格证……可今天的我们不需要具备其中的哪一项。鼓起勇气，相信自己，大胆迈出第一步吧。

要我说，大家还是对未来顾虑太多了。我就没有担心未来的闲工夫，连一年后的事情都懒得去预测。当下就是我的全部。

我想对看完这本书的读者说：

"别惧怕未来，也别贪恋过去。人要活在当下。"

---

* 1279 年，镰仓幕府出于救济御家人的目的而发布的法令。

1 "去统计数据之外冒险" 近似于本书开篇介绍的蓝海战略。以往的统计数据没有考虑到的"引进机器"的风险，在文中被列入了统计数据。

2 "时代更迭的速度变快了" 若能减少二次学习等作业叠加的情况，能自由支配的时间便会增加，导致时代的更迭加速。

3 针对"未来"的套利 利用"未来"这个对所有人而言价格统一的商品，在对其价格进行预测的基础上开展交易。

4 稻草富翁的法子 不抱目的与幻想，不逃避眼前的问题，通过逐一解决问题构筑愿景的思维方式。

5 调度 对需要完成的事进行恰到好处的分配。

6 毕竟难以依靠统计手法判断的风险与危险的模式还有许许多多 由于大量数据尚未搜集到位，计算机无法掌握必要的风险与危险元素，以至于无法做出统计学判断，导致其难以替代人类。

7 在战略层面"有收有放" 借助社会以多样性、多层性构筑战略。

8 艺术家气质 在自己心中源源不断地孕育出无法用金钱或金融标尺衡量的、人类智慧与反复实验的结晶造就的价值资本。

9 杠杆 即 Leverage。

10 "艺术造就的复杂性" 艺术不仅拥有由拍卖行或画廊等商家制定的金融与金钱价值，更有文化价值。艺术也不单单拥有市场价值。从人类智慧与反复实验的结晶这一角度，更能从艺术中读出多样的价值，因此此文中使用了"复杂性"一词。

11 自然、侘寂、数码自然、影像与物质

自然：认为"人类不站在自然的对立面上，人类也是自然的一部分"，追求与自然共存的思维，是带有东方色彩的自然观。

侘寂：自古以来的日本美学。

数码自然：笔者主张的一种思维，即"在人与机器、物质与意义之间呈现多样的选项，通过代码进行管理。数码的存在本身可能成为人类习以为常的自然"。即不在分辨率层面进行区别，只需要像物理法则一样敲定代码，剩下的事情都会在人智之外推进的"新自然"。

影像与物质：由形象，即虚幻而朦胧的东西（幽），和物质，即根源可寻且确实的东西（玄）创造出日语中"美"的意义，即幽玄。影像与物质的对比，此处特指没有具体质量的影像与高分辨率的物质的对比。

12 "奇点" 据说在 2045 年，人工智能将超越人类智能。参考这一说法，文中把"此时不出手，就再也没有机会出手了"的状态比作奇点。

结语　为了积极开拓二十一世纪

从堀江先生嘴里说出来的话总是让人心潮澎湃。这次连我都被带跑了，说了好多不必要的真心话。看到这儿的读者应该都能察觉到，书里到处都是"真心话中的真心话"，一点阿谀奉承都没有。由于这本书是边对谈边编写的，可能会有一些疏漏，或是内容衔接不够完美的地方，还请大家海涵。

在序章里，我们站在经营者和 AI 制作者的角度剖析了迅速变化的社会。毋庸置疑，AI 会抢走人类的饭碗，而且这样的未来已经近在眼前。我觉得我们的论述还是相当直爽的。

然后，我们用尽可能浅显的语句，为大家详细介绍了不断变化的社会的全貌。也许这个部分稍稍加剧了各位读者的焦虑，但我们也坦诚地表示，这样的未来其实是非常光明的。想必耐心看到此处的读者们一定已经调整好心态，要努力成为"能熟练操控AI 的人"。

第二章与第三章列举了若干年后"什么工作会消失不见"，"什么工作会应运而生"，不过大家不用太当真，参考一下即可。正如堀江先生所说，失业清单的可信度跟血型占卜差不多。

关键不在于从事有价值的工作，而在于创造有价值的工作的主观能动性。另外，请大家牢记第六章提到的两种未来生存战略。讲解时还引用了我的著作《超 AI 时代的生存战略》，内容还是很充实的。

我在网络上的粉丝都知道，我最近在运作虚拟货币。这也是我们在第四章中探讨金钱的本质，展望"以货币为中心的经济逐渐土崩瓦解"的未来的背景之一。缺钱还算好，如果你缺的是信用，几年后的日子也许会非常难过。希望大家对照第二章与第三章讲解过的"工作方式的未来"，可以把这本书当"字典"来用。

拥有幸福的人生应该是每一个人的梦想，所以也请各位读者不要用悲观的态度看待未来，摆正心态，专注于时刻变化的当下。

为了写这本书，我与堀江先生进行了好几次对谈。还记得最后一天我们聊得特别开心，我不由得想："还没聊够呢。"要是大家也能感受到这股兴奋劲，我这个作者就没白当。

和堀江先生一起出书是我的夙愿之一，亲眼见证梦想一步步成形，是我毕生难忘的回忆。

最后，请允许我向撰稿人长谷川先生与编辑多根女士致以最崇高的敬意，衷心希望这本书能在新生代弄潮儿心中占有一席之地。

落合阳一

二〇一八年三月

图书在版编目（ＣＩＰ）数据

十年后工作图鉴 ／（日）落合阳一，（日）堀江贵文
著；曹逸冰译. —— 海口 ：南海出版公司，2020.4
ISBN 978-7-5442-9863-6

Ⅰ.①十… Ⅱ.①落… ②堀… ③曹… Ⅲ.①随笔－
作品集－日本－现代 Ⅳ.①I313.65

中国版本图书馆CIP数据核字(2020)第023384号

著作权合同登记号　图字：30-2019-089

10NENGO NO SHIGOTO ZUKAN
Copyright © 2018 TAKAFUMI HORIE, YOICHI OCHIAI
All Rights Rserved.
Originally published in Japan in 2018 by SB Creative Corp.
Chinese translation rights in simplified characters arranged with
SB Creative Corp. through DAIKOSHA INC., JAPAN

十年后工作图鉴
〔日〕落合阳一 堀江贵文 著
曹逸冰 译

出　　版　南海出版公司　（0898）66568511
　　　　　　海口市海秀中路51号星华大厦五楼　　邮编 570206
发　　行　新经典发行有限公司
　　　　　　电话(010)68423599　　邮箱 editor@readinglife.com
经　　销　新华书店

责任编辑　翟明明
特邀编辑　贺　静　石　嘉
装帧设计　李照祥
内文制作　田晓波

印　　刷　北京盛通印刷股份有限公司
开　　本　880毫米×1240毫米　1/32
印　　张　7.5
字　　数　135千
版　　次　2020年4月第1版
印　　次　2020年4月第1次印刷
书　　号　ISBN 978-7-5442-9863-6
定　　价　58.00元